面包树下的安哥拉

Angola sob baobá

马如箭 / 著

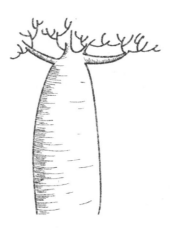

中国商务出版社
CHINA COMMERCE AND TRADE PRESS

图书在版编目（CIP）数据

面包树下的安哥拉 / 马如箭著 . —北京：中国
商务出版社，2021.5　（2023.3重印）
　ISBN 978-7-5103-4031-4

　I. ①面… 　II. ①马… 　III. ①散文集—中国—
当代　IV. ① I267

中国版本图书馆 CIP 数据核字 (2021) 第 197285 号

面包树下的安哥拉
MIANBAOSHU XIA DE ANGELA
马如箭　著

出版发行　中国商务出版社
社　　址　北京市东城区安定门外大街东后巷 28 号　邮政编码：100710
网　　址　http://www.cctpress.com
电　　话　010-64212247（总编室）　　010-64515163（事业部）
　　　　　010-64208388（发行部）　　010-64515150（直　销）
印　　刷　河北赛文印刷有限公司
开　　本　787 毫米 × 1092 毫米　1/16
印　　张　17.5
版　　次　2021 年 12 月第 1 版　　印　　次　2023 年 3 月第 2 次印刷
字　　数　200 千字　　　　　　　　定　　价　68.00 元

此书献给我的妻子卢霞，没有她就没有这本书
感谢许铁军、陈怀智、孟谦几位同事，为本书提供了宝贵的照片

这本书也献给我的儿子小虾米——马行远
看看你老爸在非洲干的"好事"吧

宽扎河

安哥拉的母亲河——宽扎河,安哥拉的官方货币——宽扎——也由此命名。

壮丽的马兰热大瀑布

位于安哥拉北部地区,奔腾的宽扎河河水在这里倾泻而下,成为安哥拉最著名的景点,没有之一。

月亮湾

月亮湾为安哥拉的著名景点，此为月亮湾的原始地貌。

隆加河两岸的风景

卡阿拉地区

万博郊外的卡阿拉地区，地势在急剧拔高之后，真正进入了深厚宽广的比耶高原。

万博郊外的景色

我在《雨水中的库恩巴》里曾描述过比耶高原上空巨大的云团，像一支庞大的太空舰队，贴着地面缓慢地飞行。

奥通卡通贝拉附近

2012 年，我坐轨道车沿着本格拉铁路前行，看到这座山岩下的村镇，拍下了这张照片。

安哥拉的农村

安哥拉人家

一家五口，墙上贴着开国总统内图和现任总统多斯桑托斯的照片。

古玛

甘达与万博之间的一座小镇。如果你开车看见街道两旁这两排高耸的棕榈树，那就是古玛到了。

古玛边上的蔬果市场

女孩们头上顶着满满的一盆芒果，我们每次开车路过，都会停下来在这里购买一些当地的水果。

垃圾堆上的男孩

我们的车在驶出库巴尔之后，在一个拐角处有一堆垃圾，上面站着一个瘦弱的男孩，他看见我们的车子后立刻高举双手，竖起大拇指向我们致敬。我们的车子飞驰而过，整个过程不到一秒钟，我鬼使神差按下相机快门，得到了这张照片：垃圾堆上的男孩。

巴巴埃拉的地摊

　　每次从万博回本格拉，会路过巴巴埃拉的一个小地摊，我们习惯在那里买点香蕉，以及跟当地妇女聊聊天。

万博早晨的街景

  一座千疮百孔的城市，内战时期两军交火最激烈的地区，反政府军领袖萨文比在此被击毙，从而长达三十年的内战宣告结束。

安哥拉的工人们在举行五一劳动节游行庆典

　　劳动节在安哥拉并不仅仅是放假，而是一个展示工人精神风貌的节日。图片展示的是啤酒厂的工人队伍，后面是其他公司的方阵，游行队伍长达数公里，场面蔚为壮观。

本格拉铁路通车庆典

　　本格拉铁路通车庆典上，当地人正在表演草裙舞。

螳螂朋友

　　一天早晨去水房里洗脸，看见这位螳螂朋友爬在水桶边上一动不动，我迅速回到房间拿来相机，调整光圈、快门和焦距，为它拍了这张照片。整个过程中，螳螂朋友纹丝不动，真是一位帅气而又职业的模特。

卢美热的教堂

卢美热的教堂，葡萄牙殖民者在安哥拉建造的天主教堂之一。

序

受作者之邀，为他的新书作序。

作者这本书围绕一个工程项目展开，这个项目就是非洲安哥拉的本格拉铁路。这是我们中铁上海设计院集团有限公司重组之初拿到的第一个海外项目，也是至今为止，我国在境外修建的除坦赞铁路之外的最大的铁路项目。项目签约后，集团公司各层面的员工既兴奋又担忧，兴奋的是项目本身具有极大的政治意义和经济意义，担忧的是安哥拉国内战火刚刚平息，充满了危险，而且对比国内，安哥拉地处非洲，经济落后，生活条件极其艰苦，因此，很多员工打了退堂鼓。所以在那个时候，对于每一名派往安哥拉的同志，集团都是费尽心思去动员、去做思想工作。我本人作为这个项目的后勤保障团队的负责人，虽然没有到过现场，但也是为同志们操碎了心，担心大家的生命安全，担心大家的衣食住行，担心大家的精神承受能力。好在大家克服了重重困难，顶住了常人难以想象的生活、工作压力，历时近八年，顺利、出色地完成了任务，为国家、为央企、为中国铁建、为我们的企业赢得了荣誉，创造了经济效益。

　　拿到作者的手稿后，我一口气读完，作者的细心体会和精彩记录，仿佛把我这个从未踏足非洲土地的项目参与者，带到了这个远离祖国的非洲国度。说实在话，我并没有文学方面的才能，但作为整个项目的参与者，还是想为这个项目的执行过程和项目的现场执行者们写几句发自内心的感受。

　　2008 年，本书的作者马如箭作为我们集团公司刚刚入职的一名工程技术人员被派往安哥拉执行项目，在工作之余，作者以他细腻的感受，丰富的想象，过人的敏锐以及洒脱的文笔，用 26 篇文章，认真记录了中铁上海院非洲项目执行者的所见所闻以及他们在海外的生活、学习、工作、内心世界，并通过文字，把安哥拉这个非洲国家的经济、文化、信仰、风土人情和自然景观展现给读者，让读者感受到了海外项目执行的艰辛与不易，也领略到了非洲美丽的自然风光，并了解了当地普通老百姓的柴米油盐。如前所述，我本人作为该项目的后勤保障负责人，最关注的就是大家伙在非洲的安全和衣食住行。作者在《我在非洲吃什么》《非洲果农》等几篇文章中描述大家因为吃不饱饭而想出的各种奇招怪招，甚至去玉米地花生地里偷吃。非洲生活条件很差，这个我是知道的，但没想到艰苦至斯，关键还从来没有员工向我们抱怨过，他们如此乐观积极的心态，让我百感交集。除了生活艰苦，我也知道了在安哥拉工作的危险，《安哥拉的地雷》《路途多险恶》《从本格拉到卢埃纳》《最长的一天》这些文章，真实还原了大家的工作环境，有时候甚至要冒着生命危险。安哥拉项目执行八年，勘测里程数千里，在这样艰苦而危险的环境中，无一人死亡，不得不说这是一个奇迹，这也是安哥拉项目所有员工共同努力的结果。

　　阖上手稿，心绪依然难平。多么可爱的员工，多么可爱的现在依旧生活在贫困之中的非洲人民，更加庆幸我们生活在这样一个伟大的国度，更加理解习近平总书记提出的全面脱贫、全面进入小康社会的伟大战略，也期盼着全球人类命运共同体的伟大设想早日实现。

王　勋

（中铁上海设计院集团有限公司党委副书记）

2020 年 12 月 24 日

自　序

　　写完第一本书《雨水中的库恩巴》之后，我再度前往安哥拉工作，走之前我给自己制定了一个宏大的目标：写一本魔幻题材的长篇小说。在定下这个不自量力而又不合时宜的目标之后，在安哥拉的这半年时间里，刚开始我整天苦闷彷徨、愁眉不展，到了后来，每当活计不多的时候，我常常坐在办公室里不管不顾地看上一天的电视剧，就如同一个小学生立志一年时间研究出原子弹一样，反正横竖都研究不出来，还不如自甘堕落算了。于是这整整半年的时间里，我连个故事大纲都没有搞出来。

　　到了 2014 年，我最后一次长期赴安工作，这次我依旧不甘心，想继续完成我计划中的鸿篇巨制。5 月的一天，我们从罗安达回本格拉，路上碰到个坏警察敲诈勒索，被折腾够呛。回到基地我迫不及待连上网络跟妻子汇报，抱怨安哥拉的警察有多坏，跟强盗一样。妻子反问我最近有没有写东西，我说没有，老样子，还在修改故事大纲。她说你可以写写散文，譬如你们今天碰到的这件事，再配上照片，会很受欢迎的，就像李娟的《我的阿勒泰》，卖的不要太好，你也读一读，学习一下。我说我写的可是纯文学的大作品，长篇小说，我不写那些迎合大众口味的小玩意儿。我妻子说，既然这样，那我也没什么可说的了。

于是，我立刻着手写作。

我把当天的事情在脑子里过了一遍，趁记忆鲜活把这件事情记了下来，题目叫作《路途多险恶》。第二天我发给妻子看，她看了以后说就是这样，很好看，还想看更多的。于是我开始回忆过去，把我这些年在安哥拉遇到的一些有趣的事情都记录下来，写成一篇篇散文。我写一篇就给妻子看一篇，一直写到我回国。开始的时候效率高，一般两天一篇，到后来一个礼拜写一篇，再后来将近一个月才能写一篇，一方面回国之后事情多，另一方面回忆到后来，记忆慢慢枯竭，越来越难写了。不过好在是坚持了下来，数来数去大概有了二三十篇，于是便决定把这些文章结集出版。

可以说没有我妻子就没有这本书。曾几何时，写作对于我来说充满了快感，但在长达一年的时间里我几乎已经找不到这种感觉。日复一日地对着我理想中的鸿篇巨制的故事大纲发愁，想着如何才能写出史诗的气魄，如何才能融入东方的魔幻元素，如何才能让读者惊掉下巴，如何才能不被乔治·马丁和托尔金的阴影笼罩，这让一个才写了一本十万字小说的业余作家头疼不已。都说万事开头难，还真是这样，我写了四五版的开头，始终找不到一种酣畅淋漓的叙事感。然而当我写完《非洲果农》的时候，我长长地出了一口气，那种畅快淋漓的感觉，那种调侃自己和别人时的快感，真是太爽了，骨子里的那股酸劲，调侃别人时那天马行空的想象力，终于得到了充分的释放。

这才是真正的我。

文章是有了，但是照片又成了问题。早些年去安哥拉的时候连个相机也没有，手机用的是诺基亚的黑白屏，零星的几张照片也是同事给我拍的。虽然到后面我有意识地拍了很多照片，但一方面摄影水平不高，另一方面安哥拉有的地方拿出相机在大街上拍照容易招惹麻烦。我想了两个办法，一个是去找以前的安哥拉战友，看看他们保存下来的照片中有没有可以利用的，另一个就是管他文章写的什么，找张拍得不错的照片往里头一放完事。所以，如果你发现我的某几篇文章照片特别多，那么这文章写作的时间一定比较晚；如果某几篇的配图很少，而且有那么点牵强，甚至图文不符，那就说明我已经实在找不出更好的照片了。

早在创作《雨水中的库恩巴》之时，我在小说提纲上写下两句话，也可以算是我写作这篇小说的初衷：

展现当代安哥拉的社会现状以及中资企业在安哥拉的发展，

探索造成安哥拉乃至整个非洲落后愚昧的根本原因。

第一个论题，在编辑把我整篇小说中"安哥拉"这三个字替换成"A国"之后彻底破产；第二个论题，估计连人类学、历史学、社会学的专家们都答不上来，我的所谓探索，应该也仅限于在探索皮毛罢了。

我心有不甘。一方面是小说中很多东西被删去了，失去了写实性，另一方面限于叙事及主题的需要，不能面面俱到。毕竟是小说，有真实有虚构，小说出版以后，很多朋友都来问我非洲那边的真实情况。因此我迫切需要有一本书作为前一本小说的补充和澄清，来展现一个真实的安哥拉和我们中资企业员工在非洲真实的生活。

这应该也算作这本散文集的初衷了吧。

　　这本集子包含 26 篇散文，有两篇是关于非洲其他国家的游记，其他都是关于安哥拉的。在安哥拉散文的最后一篇《回到安哥拉》中，我写道："我曾不止一次地在之前的作品中宣布与这个国家的永别，也不止一次地当着朋友的面发誓说再不出国，然而现实却让我一次又一次地食言。"我并不能保证日后一定会再去安哥拉，但是写完这本书之后，我差不多可以肯定，关于这个国家的讲述基本上已经完备了。2008 年，我无论如何都不会想到我这一生会跟这个非洲国家产生那么深刻的牵绊，工作了六年，写作了四年，身体和思想都和这块土地紧密联系在一起。我从这里得到的不仅仅是人生的阅历、写作的素材，还有其他更多更深刻的东西。

　　人生有多少个十年，我走进去，也必须走出来，我必须和安哥拉告别，也必须和这段记忆告别，和这段岁月这段青春告别。所以，喜欢安哥拉的朋友，欢迎你们翻开这本书走进安哥拉，同时，也祝福我走出这段记忆，迎接新的挑战。

2016 年 12 月 10 日初稿

2018 年 4 月 28 日修改

目 录

大西洋的海滩

　　从我们本格拉基地后门出去，沿着栅栏外面长满野草的小路走上五六分钟，就可以看见一个小渔村，围绕着一棵大树，零零散散的分布着几户人家。再往前走，是一片银色的海滩，和一望无际的大西洋。

　　我刚到这里的第二天清早，我们同事就迫不及待地要把这里最著名也是唯一的"景点"介绍给我——就是这片大西洋的海滩。我们几个人兴致勃勃地带着相机跑到海边去，沿途碰上早起的黑人，他们热情友好地跟我们打招呼。小渔村里炊烟袅袅，孩子们追逐打闹，看到我们这群外国人，纷纷停下来围观，村子里的大树上挂着个喇叭，放着并不悦耳的黑人音乐，一般都是咿呀咿呀的说唱。走到海边，海水刚刚退潮，白的浪花拍打着海滩，海风又咸又腥，几只白色的火烈鸟弓着脖子在沙滩上散步，看看海水有没有卷来几条小鱼当作早餐。这就是大西洋了。

　　在安哥拉的第一年，我们去海边的频率非常高，隔三岔五就要去转转，项目部领导还经常组织我们一起去海里游泳，当作是健身休闲。

小渔村的孩子们

后来实在是腻了，而且这片沙滩景色也不咋的，沙子又粗，边上又是小渔村的生活垃圾，还有小屁孩随地拉的屎，臭烘烘的，实在没有趣味，就渐渐地不去了。偶尔来个新同事，才会尽一尽导游的义务，把这里最著名的，也是唯一的"景点"介绍给他。

对于这片海滩的记忆，最有趣的莫过于抓螃蟹。

有段时间非常时兴抓螃蟹。因为每到晚上，大家的娱乐要么是打牌，要么就是把看了好几遍的电视剧再翻出来看，可以说无聊至极。不知道是哪个伟大的吃货研究出了到海边抓螃蟹这一活动，不但有趣味，而且强身健体，更重要的是还有夜宵可以吃。这项活动立刻风靡了起来，工程局和我们设计院轮流扫荡，几乎几个礼拜就去抓一次，要不是考虑到可能影响不好，都能把当地的螃蟹吃成濒危动物。

那个时候只要有人随口一说："晚上去搞点夜宵不？"立刻应者云集。到了晚上大概八九点钟的样子，我们项目部几乎全体出动，两人一组，一个拎水桶，打手电，另一个戴上厚厚的工作手套，负责抓螃蟹。院子里的狗也跟着我们一起行动，前呼后拥，狗吠人嚷，颇具声势，一场海滨狩猎就这样大张旗鼓地开始了。

晚上八九点钟的时候，正值海水涨潮，螃蟹们在海里玩了一天，纷纷上岸挖洞睡觉。这时候你只要悄悄潜伏到海边，用手电筒往海边一照，能看到昏暗的海滩上被海水拍上岸的密密麻麻的螃蟹，像丢了

本格拉的港口

满满的一桶螃蟹

一地的啤酒瓶盖一样，被电筒一照，它们会愣上一秒钟，然后没命地往海里逃窜，之前拥挤不堪的海滩瞬间走得干干净净，只丢下一两个钳子和后腿。

早先的时候没经验，看到这样的场面个个急了眼，流着口水跑上去抓，恨不得拿个网子把螃蟹们都网起来。结果等你跑上去的时候，螃蟹们早已溜回到海里去了。后来得到高人传授，才知道抓螃蟹还得抓岸上的。离开海边三四十米的柔软的海滩上，会有无数大大小小的洞，都是螃蟹上岸后挖出来睡觉的，洞越大，说明螃蟹的个头越大，这些洞穴往往都很深，螃蟹就睡在下面。我们一大帮人吵吵嚷嚷的声音会把螃蟹吵醒，好奇心重的螃蟹就会睡眼惺忪地爬到洞口看看发生了什么，所以我们用手电经常能看到洞口露出几条细长细长的腿，这时候就要当机立断，朝着洞口狠狠一脚踩下去，把螃蟹连同它的窝一起踩塌，把它卡在沙子里动弹不得，然后慢慢地把它挖出来，丢进水桶里头。

这一踩，是最显功力的。时机，位置，力度，缺一不可。一开始大家水平都不高，踩完之后两个人使劲挖，把地上刨一个大坑也不见螃蟹踪影，人家早已逃之夭夭了。后来水平渐长，命中率有了很大提高，有的老师傅更是了得，身手敏捷，出脚不凡，一踩一个准，例无虚发。这一踩的水平高低，只要看看桶里螃蟹的数量便可高下立判。我就是因为这一踩练得不到位，所以每次狩猎都是负责拎水桶。

螃蟹也分勤快的和懒惰的。懒惰的螃蟹不打洞，它们会趴在岸上伪装成一块石头，凑合着过一夜。如果运气好，眼神好，在沙滩上就经常会碰到这样的懒汉。这时候你只要悄悄地潜伏过去，猛地把它按在地上，然后抓着它的背把它扔进桶里就行了。

我们一大帮人每次到了海边都是分头行动，两个小组往洛比托方向巡猎，两个小组往本格拉方向搜索，走个几公里再杀个回马枪，看看有没有漏网之鱼。大约一个半小时左右，两拨队伍会在小渔村汇合，互相较量一番战果，就可以宣告当晚的狩猎行动结束了。

回去之后把满满几桶螃蟹用淡水一冲，习惯了在海水里生活的螃蟹们就统统晕了过去，然后再用水把泥沙冲洗干净，送到厨房，对半切开，下锅爆炒，拌上大量的辣椒和花椒，炒成一锅浓香四溢的香辣蟹，弄上一箱啤酒，一大帮人坐在一起边吃边侃，这是本格拉最美好的夜生活。

领导担心我们的行为在当地造成不好的影响，但其实多虑了，因为黑人从来不吃螃蟹，他们看到中国人把螃蟹抓回家，都感到不解，甚至可笑，说中国人"嘎比萨阿瓜"，就是脑子进水的意思。黑人除了不吃螃蟹，他们也不吃鳖。我们驻扎在本格拉的时候，还有一项对几乎所有中国人都极富吸引力的活动，就是到河里去捉野生鳖。非洲的王八可能是世界上最幸运的王八了，估计自从生命诞生之日起都从没有天敌来吃它们，直到遇见了中国人。

　　每到空闲时的周末，我们都会组织一支车队前往本格拉附近的卡通贝拉河，在那里自由自在生活着很多巨大的王八，一般都有五六十斤重，一只只宛如上古巨兽在水中游荡。非常遗憾我并没有参与这项激动人心的狩猎，只能听同事们唾沫飞溅地描述当时的场面。因为王八的体型太过巨大，普通的鱼竿根本派不上用场，而鱼线往往需要用好几根捆绑而成，由于水里王八太多，根本不需要鱼饵，只要把鱼钩往水里一丢，王八们就会争先恐后的游过来咬钩，瞬间，人和王八就形成了僵持，展开一场激烈的拔河比赛。由于我们人多势众，一般的王八都会被捉上岸来，但也有少数庞然大物，它们会一摆身子崩断钓线扬长而去，留下大家目瞪口呆、望鳖兴叹。

　　由于捉回来的鳖太多，我们专门建了一座水池，把它们养在里面，

渔民们捕鱼归来

五彩斑斓的王八壳在水里光彩夺目、美不胜收，过段时间捞出来吃一只。一只就能炖一大锅，五六十个人分着吃，有的血气方刚的小伙子吃了直冒鼻血，上了年纪的过来人意味深长地说：可惜啊可惜，这要是在国内，啧啧啧。

　　这样美妙的时光总是无比的短暂，我本来打算等下次大家去捉鳖的时候跟去围观，结果这项活动很快就被领导禁止了。理由是一来捕杀野生动物影响中国人形象，二来公车私用会被其他单位的人说

刚刚捕获的新鲜的墨鱼

闲话，于是这项活动就此告终。虽说如此，几个老师傅都还藏着鱼线：一来留个念想，可以怀念一下当时的盛况；二来万一哪天领导回心转意了，又可以派上用场。虽然从此再没王八可吃，但这始终都无法阻止吃货们惊人的创造力，大家发现我们隔壁的小渔村会隔三岔五的下网捞鱼，那刚捞上来的海鲜非常新鲜，而且价格便宜，于是每次村里收网，一群吃货都会跑去看看有什么好吃的。

　　这个小渔村的渔民通常会在早上七八点钟的时候坐着渔船出海，其实也就是一条小木船，划到大概一二里远的海面，把网撒下去，然后过上一段时间，一群人就跑到岸边来收网。两排人拖着网绳，像纤夫一样，缓缓地一轮一轮地把网拉上来。等网上来了，妇女们就会欢天喜地地跑上去，把网上来的海鲜分门别类的整理出来，有的用于出售，有的自己吃，墨鱼、小虾、贝壳、螃蟹、带鱼、水母，还有各种各样

奇形怪状的海鱼，散发出浓浓的鱼腥味，引来大群的海鸟在头顶不停的盘旋，呀呀乱叫。

这时候我们会装出大老板的样子，把这批货中成色最好的鱼挑出来，让他们开个价码，渔民们则派出一个人跟我们谈判，他会在沙滩上写上一串数字，开价往往非常离谱，四五条墨鱼有时候开价两三万宽扎，我们就会装出很生气的样子，用脚恶狠狠地把他的数字抹掉一个零，他也会装出很生气的样子，把这个零添回去，我们则再次把零抹掉。就这样来回交锋几个回合，最终会以我们的价格再上调一点点成交。

叫不出名字的海鱼

　　成交之后我们一般都不急着回去，因为这帮黑人会把他们认为有价值的东西带走，没价值的东西丢掉，这些没价值的东西就包括螃蟹，各种海螺，小鱼。于是他们一边丢，我们一边捡，每次收获颇丰。渔民们则会在一旁嘲笑我们，似乎在说："瞧这帮中国人，把这些垃圾捡回去，真是有病。"

　　现在听说这样的好事已经没有了，估计这些黑人每次瞧着中国人乐此不疲地把他们所谓的垃圾捡回家去吃，终于发觉事情有点不太对劲了。现在他们虽然自己不吃，但也不随便乱扔了，而是也一起带回去，拿到市场上卖给中国人。

　　美好而单纯的时光总是一去不返。

我在非洲吃什么

　　2008 年的时候我接到通知，公司要派遣我们去安哥拉工作，给我们每个员工发了一本公司自制的小册子，上面有项目简介、企业精神、生活常识、安哥拉的风土人情，还有所需要带的物品，林林总总列了一大堆。老员工说官方的东西永远不靠谱，建议我们上公司论坛看看。果然那上面有人分享了很多在非洲的生活经验，还有曾经去过安哥拉的老员工列的一张物品清单，各种药品，生活用品，食品，多少件短袖，多少件长袖，多少双袜子，等等，总之事无巨细。后来我通过 QQ 与正在非洲工作的一个同事取得了联系，问他有什么好的建议没有，他意味深长地跟我说了一句话：

　　"就带吃的。"

　　现在想想，当年真是年少无知，如此金玉良言竟然没听进去。因为我一直都没有吃零食的习惯，三餐吃饱嘴也就不馋了，而且总觉得带着满满一箱零食漂洋过海飞越半个地球有点匪夷所思，那边又不是没有食堂。考虑再三，我往箱子里塞了几本书，带了几罐口香糖就出发了。到了安哥拉，立刻傻眼了，不是嘴馋不馋的问题，而是常常要饿肚子。

　　我们设计院体量小，自己开火做饭成本很高，就跟着工程局的大部队搭伙吃饭。工程局的饭菜虽然米饭管饱，但是菜的质量让人不敢恭维。安哥拉的各大项目部有两大招牌菜：大锅洋葱、大锅土豆炖鸡，就这样翻来覆去吃上几个月，可以把人吃得世界观崩塌。晚饭更是寒酸，很多时候要么是把中午的冷饭和点冷菜炒一炒，要么是一大盆面条上面撒点洋葱。这个时候那些干粮储备充裕的人会不屑地朝锅里哼一声，大摇大摆地回去吃泡面，而大多数人只好愁眉苦脸地吃上一点充饥，所以当时的非洲，拥有一袋泡面那何止是身份地位的象征。

　　到了晚上八九点钟，肚子就开始叫唤，饿得两眼发昏，浑身虚脱，为了保存体力，我们会早早地上床睡觉，但仍不免半夜会被饿醒。这

项目部的晚饭：豆芽、馒头和稀饭

凄惨的景象，仿佛穿越到了三年自然灾害时期的夹边沟。

最艰苦的时候是 2008 年底。

那时正值全球金融危机，国际原油价格由 150 美元跌到五六十美元一桶，安哥拉正是靠石油吃饭，一下子没了收入，付不出工程款，国内几乎所有的项目都停了工，甚至我们基地对面为了承办 2010 年非洲杯而新建的足球场工程都停掉了。工程局收不到钱，一边大批往国内撤人，一边使劲节省开支，伙食费由原来一天 5 美元，降到了一天 2 美元，本来就已经艰难度日了，这下简直是要出人命了。本来两个菜，缩减到一个菜，而且一人只有一小勺，尽管依旧难吃得要命，但还是狼吞虎咽的两口就吃完了。后来饿得眼睛发绿，我跟我们总工晚上偷偷潜入项目部医务室徐医生的菜园，把他种的花生挖回来煮着吃，或者跑到工程局的菜地里偷几根玉米当夜宵。小时候我父亲跟我描述他们那时吃不饱饭，跑到田里去偷萝卜吃，当时心想我爸年轻的时候也干过这种没有气节的事情，没想到如今子承父业，真是家学渊源，虎父无犬子啊。

挨过饿才知道食物的宝贵，后来每次动身前往安哥拉，我们都会尽可能多的带上干粮。当时公司有规定，每个人都要携带二十公斤的公

安哥拉的大锅饭

家物品，这样一来，自己的行李就不能太多，然而总有人不识大体，超重了还一个劲地往箱子里装吃的。每当这时，公司负责后勤的办公室主任都会大发雷霆："你们知不知道行李超重多少钱一公斤？知不知道你们的这些花生米豆腐干算上运费得多少钱？带那么多吃的干什么？你们那边还有鳄鱼可以吃呢，别以为我不知道！"

没在非洲生活过，不知道的事情真是太多了。

后来董事长来安哥拉慰问，下到工地参观之后竟潸然泪下，说："早就听闻安哥拉条件艰苦，今天一看，都是扯淡，哪里是条件艰苦，根本就是没有条件！"

虽然大多数时候吃的不如牲口，但还是有一些美好时光的。

2009 年在卢埃纳，我们所有人员都扑在最后几百公里的勘察设计上，力争要在年底完成全线的设计工作，所以那时候人丁兴旺，大约有三四十号人。项目部便向他们工程局借了一名厨师和一个厨房，专门给我们烧菜。这个厨师姓李，年纪比我们还小，我们都叫他小李子。小李子其实手艺不错，就是整天不务正业，一门心思喝酒赌博，到了做饭的时候随便应付两下，做出来那个菜几乎没人吃，一盆一盆的倒了喂狗。后来屡教不改，我们领导出面把他辞退了，换了一个高个子厨师过来，这个厨师姓马，大家喊他马大厨，陕西人，做的一手好菜，尤其是面食，我作为一个南方人都对他的手擀面至今不能忘怀。那几个月，应该是我在安哥拉几年当中最有口福的时光了。隔三岔五的来点新鲜花样，一会儿包饺子，一会儿吃包子，甚至还包汤圆，每到这个时候，都是集体活动，所有人放下手中的工作到厨房来帮忙，会包的不会包的都来凑热闹，甚至还把黑人也拉过来学着包。黑人完全弄不明白这些中国人葫芦里卖的什么药，好好的肉要剁成肉泥，好好的

集体包饺子，少有的幸福时光

菜要搅成粉碎，还都装到面粉里头去。不过他们学的倒是很快，没两下就掌握了要领，不久还能玩出一些花样。然而出锅之后他们却不敢吃，尤其是汤圆，给他盛了一碗，就像逼他吃毒药一样，一个劲地摇头说："古卖摸黑。"就是吃了会死的意思。

为了努力改善生活条件，我们也曾自给自足地种植一些蔬菜。

安哥拉的气候条件和土质决定了很多蔬菜无法生长。我回国跟朋友描述安哥拉的旱季，六七个月的时间滴水不落，而一到雨季，则几乎是天天狂风暴雨，大家无比惊讶，都觉得这块土地莫非是受了什么诅咒不成。而他们的土壤也非常贫瘠，大多以沙土为主，虽然不像沙漠那么可怕，但一桶水浇下去，瞬间就无影无踪了。所以，虽然来的时候带了很多蔬菜种子，但生根发芽的却没多少，就算长活了，也总觉得跟国内的蔬菜不太一样，要么营养不良，要么感觉变了种，最后都没人敢吃。书上说南橘北枳，果然不错，中国的菜，到了安哥拉长成了草。所以我们的前人在尝到失败的苦果之后，果断地放弃了蔬菜的种植，还告诫后人：在安哥拉种菜，闹

达蹦！（葡萄牙语"不好"的音译）

不过在这方面，工程局确是有两把刷子。他们利用自身的优势，派遣经验丰富的岩土学专家，在各地调查优质的土壤，然后用工程车一车车的运回基地，专门开辟出一块地，把原来的沙土全都用挖机挖除，填上运来的肥土，然后在边上搭建一个水箱，修建一套灌溉设施，这样就不怕漫长的旱季了。看到他们这么大张旗鼓搞农业机械化，真心感叹人类文明伟大的进程。

这次刚到本格拉，老倪就跟我说，今年院子里的辣椒大丰收，结果就是顿顿辣椒，餐餐辣椒，什么菜里面都放辣椒，早饭生切辣椒配稀饭，中饭辣椒炒肉，晚饭纯炒辣椒，甚至连汤里都放辣椒，结果院子里一半人上火，另一半人犯了痔疮，药房里的降火药一度断了货。我吃了两个月，果然也扛不住，牙龈肿得老高，屁股烫的冒烟，但也没有办法，总不能饿肚子，于是只能咬着牙继续吃。后来想起自己还带了泡面，于是不屑地朝锅里哼了一声，大摇大摆地回去泡面吃。结果翻遍了箱子发现只带了一种口味：劲爆辣味。

命运给我开了一个多么残酷的玩笑。

进步总是来得太迟

2008 年，我第一次来安哥拉。那时正值生产大干的关键时期，罗安达铁路的设计工作刚刚结束，本格拉铁路的大修工程立刻启动，工程局的各项目部纷纷进驻沿线施工点，不停地催着我们要设计图纸。所以我们的工作人员一茬又一茬地从国内派出，我便是跟着其中最大一批来的，有十四个人之多。

当时国内到安哥拉的航班还很少，我们一帮人先从上海坐飞机到北京，然后坐埃塞俄比亚航空到印度的新德里，飞机加满油后飞往埃塞的首都亚的斯亚贝巴，之后在机场等四五个小时转机，再坐上飞往罗安达的班机。这还不算完，到了罗安达后，我们再转移到他们的军用机场，坐他们的军用飞机前往本格拉。当时一听说要坐军用飞机，还一阵兴奋，以为是多拉风的事情，后来一上飞机才感觉是进了贼船，本以为是包机，原来是跟一群形形色色的军人家属挤在一起，机舱内暗无天日，混乱不堪，没有座椅，更没有安全带，前舱实在挤不下，我就跟几个同事跑到行李舱看行李。几个人坐在行李堆上，还有几个机组人员也坐在行李舱的地板上，发动机在我们耳边发出巨大声响，讲话谁也听不见谁，我受不了噪音，伸手把耳朵捂住，机组人员打手势让我不要捂耳朵，看来这应该是坐军用飞机的常识，我连忙放下手，并对他们打个手势表示感谢。

几经周转终于来到我们位于本格拉郊区的设计项目部。到了第二天，后勤主任发给我们一人一张电话卡与充值卡，然后我们去跟老员工请教，如何充值，如何打电话、发短信、查话费。安哥拉国土面积不大，感觉跟新疆相当，打电话不存在漫游，他们的电话运营商叫作Unitel，我们都管它叫"安哥拉电信"，据说用的是华为的技术。他们有自己的货币单位，叫作Utt，一个Utt相当于7.2宽扎，一张普通面值的充值卡是125Utt的，相当于900宽扎，当时宽扎还没贬值，900宽扎将近90块人民币。那时我还是实习生，连助理工程师都没评，所以按照制度，一个月只能领1.5张电话卡，也就是两个月三张。

两个月三张是什么概念？问了一下老员工，告诉我电话基本上可以随便打，短信比较贵，不如打电话划算，国际长途？两张卡加起来也就打个6分钟。而且由于我们基地位于郊区，信号不好，所以打国际长途有很大的风险。

结果第二天我就在院子听到了这样的对话：

"喂？爸，我是某某某啊！

"听见了吗？我到安哥拉了！喂？

"能听见吗？我这边听得见！

"你赶快记一下，你们可以打电话给我，我的电话是……

"喂？能听见吗？我在这边的电话记一下，我的电话是921……

"啊？对啊，这边的电话号码！赶快记一下，921……

安哥拉电信 Unitel 巨大的广告牌

"喂？喂喂？唉！没钱了！"

一张电话卡看来只够报一声平安。

所以我每次都会把电话卡攒起来，至少攒到两个月，然后打上几分钟，多少能说上几句话吧。这边打国内是 3 美元一分钟，国内打过来要便宜很多，大概四五元人民币吧，如果办个套餐什么的可能会更便宜，而且安哥拉接电话一律是免费的。当时我们还有个福利，国内的家属每个月可以去公司领一张面值 200 元的国际长途 IP 卡，我们外地的员工都会寄到我们家里去，我爸妈打不完，便会给我妻子用，当时还是女朋友，正在热恋中，每个月可以借着电话温存几句，偶尔也会隔上半个地球吵两句嘴。不过这种福利第二年就没有了，因为很多家属反映这电话卡一些地方用不了，寄过去都丢在抽屉里积灰。

电话打爆之后，网络是唯一可以和国内联系的方式。

当时我们项目部装了一个锅子用于上网，还专门弄了一个网络室，房间里面摆放几张破床，中间放上两张桌子，牵过去三根网线，设立了上网的规章制度张贴在门口。

上网时间：

中午 12 点到下午 2 点，

晚上 6 点到 8 点。

每天只有这两个时间段才可以上网，由于人多网少，还分专业错峰上网，站前专业一三五，站后专业二四六，周末不限制。这才不至于抢破头。

可即便如此，还是难得才能抢到位置。

刚开始的时候听说轮到我们上网了，中饭草草吃完了事，抱了笔记本就跑去网络室，还没进门就看见门口站了一排人，每个人手里端着台电脑，秩序井然地在排队。一问原来跟我一样都是来上网的，网络室里面早已满座。后来才知道，如果想要抢到位置，吃饭就别想了，还没开门就得早早地跑到网络室门口等着，这样才能第一时间抢到与国内亲人联系的机会。我们这些菜鸟哪里是老员工的对手，每次只能端着电脑站在一边，看着他们一边抽烟一边响起嘀嘀嘀的 QQ 声。等差不多还有十几二十分钟网络室就要关门的时候，他们才会站起来，发扬一下国际共产主义精神把位置让给我们。就是啊，老子饭都不吃了才抢来的位置，凭什么随随便便让给你？

虽然能上网，但是安哥拉的网速之慢简直令人发指。一般情况能上去 QQ 就已经很幸运了，更多的时候右下角的小企鹅会一直左顾右盼，偶尔上去几秒钟，会接收到对方发过来的信息，等你打完字一点发送的时候，就提示你离线情况下无法发送信息。都说群众的智慧是无穷的，过来人告诉我，QQ 有太多的头像、图片什么的，很耗费流量，MSN 比 QQ 简洁，因此也更快。于是我特地申请了一个 MSN 账号，好友名单里只有我妻子一个人，果然奏效。

在线看视频那是想都不必去想的事情，因为打开一个网页比登天还难。但这阻止不了大家整整十分钟盯着电脑屏幕就为等一张图片刷新出来，甚至还有同事利用这样的网络炒股。我们问他网速这么慢，能赚到钱吗，他神秘地拿出厚厚的股票书籍说，他炒股可不是靠网速，而是靠知识。我们问他那到底是赚了亏了，他犹豫半天说，目前才亏了不到两万。

这样的网速，对于人的神经无疑是一种巨大的折磨。

回到国内人家问我："在非洲无聊不？"

"挺无聊的。"

"能上网不？"

"能。"

"那也不无聊啊！"

"呵呵……"

虽然网速慢得让人难以忍受，但上网的费用似乎还很高。具体怎么计费我从没关心过，只知道有一次网络突然中断，后勤办公室主任跑到本格拉的营业厅一打听，原来是流量超了，补交了3000美元的费用才重新开通。领导一听，血压立刻飙升，心痛之余立刻下发通知严格规定我们上网的时间，以后如果再流量超支，自己看着办吧。

有网可上，有电话可打，已经足够幸运了。

2008年底，随着我们的工程向比耶高原内陆深入，我跟着测量队在库恩巴和萨温吉拉驻扎了两三月。库恩巴算是个小镇，还有点信号，打电话要站到山头上才行。萨温吉拉则是一片荒芜，方圆十里不见人烟，当时别说跟国内联系了，就算跟我们设计项目部联系都成问题。测量队上倒是有一台卫星电话，但这只能在生死存亡的关键时刻才能用，平时要传达个什么信息，只能靠工程局送水的司机捎个话。有时候我坐在帐篷里，队上的水车司机老王会掀开门帘进来，带着一口浓重的陕西口音对我说："马工，你们老总问你这边做到哪个里程了？让你回个话。"于是我啪啦啪啦跟他说一通，他下次再去库伊瓦拉水的时候就会告诉那边的郭队长，然后由郭队长再打电话给我们项目部。

这样的情况持续了两个月，这两个月是真正的与世隔绝。

后来队上来了两个穿白衬衫的黑人，是请来安装网络的。开着皮卡车运了一个大锅过来，安装，调试了半天，总算搞定，全队欢庆，韩队长大摆筵席犒劳两个黑人，两人吃不惯中国菜，一人啃了一只鸡腿，连夜就赶了回去。

设计工作结束之后，进入了施工配合阶段，我们的设计人员大多撤回国去，留在这边的多则十人，少则四五人，项目部也就把昂贵的有线网络撤了，换成了便宜的无线网卡上网。这也是最近几年刚刚兴起的。

这无线网卡的技术最早也是华为在安哥拉推广的。我们用的这个网卡，一个香烟盒子那么大，我记得一个月是 8000 宽扎，网速极慢，而且隔三岔五的会收不到信号，我们搞了一条延长线，挂到窗户外面去收信号。这网卡有一个好处，就是不限流量。于是我们白天办公，晚上睡觉时就把电脑开着下载电影，这样夜以继日，一个礼拜或者两个礼拜也能下好一部最新的影片。当听到那清脆悦耳的"叮"的一声声响时，恐怕是这世间最最美妙的音乐了，功夫不负有心人，一切等待都有了意义，一切焦虑、苦闷都烟消云散，仿佛破晓时的曙光，又仿佛暴风骤雨之后云端的彩虹。这时候我们一帮子大老爷们就会光着膀子齐刷刷地坐到床边，来一同观看这部来之不易的电影。

这何尝不是一种乐趣。

近几年，各大公司纷纷进入安哥拉的网络市场，中兴，华为，还有葡萄牙和巴西的公司，安哥拉的领导层听之任之，乐于看着这些公司为了抢占市场各出奇招，拼得你死我活。安哥拉的网络产业很快与国际接轨，我们之前用的这种网卡迅速退出了市场，取而代之的是更加先进的技术与更加低廉的价格。

大概是 2012 年，"安哥拉电信"Unitel 开通了上网功能，安哥拉的手机从此迈进了网络时代，手机也和国内一样可以随时随地上网刷微博、微信了。

想想前些年的艰苦，引用电影里的一句台词：

"进步总是来得太迟。"

非洲果农

朋友常问我安哥拉那边吃的咋样，我说也就饿不死的水平。他不甘心，总觉得国外的生活应该很奢靡才对，又追问我那水果应该满大街都是吧，好歹也算热带国家。我说水果有是有，但挺贵，难得吃一次。他说难道你们不会自己种吗？我只能苦笑一下回答他，种是种的，就是收成不好。

我们最早开始尝试种植的水果是西瓜。国人爱吃西瓜的习惯走到哪都改不了，尤其是这样一个一年到头夏日炎炎的热带国家，如果饭后能来上一盘清甜可口的西瓜，那简直算得上神仙般的日子了。安哥拉人不种植西瓜，不过在他们的超市里偶尔也能看见，据说是中国农场里种的，品质还算不错，但价格贵得离谱，一般来说一个脸盆大小的西瓜，可以卖到三千到四千宽扎，折合人民币两百多块钱，果然还是自己人的钱比较好赚。我们公司勤俭持家，来安哥拉六年从来没有吃到过买的西瓜，只能斜着眼睛看着工程局职工们餐桌上摆着一盘盘娇艳欲滴、摄人心魄的大红西瓜，咬着牙恨恨地说一句：神马玩意儿！

腐败！堕落！闹达蹦！

鉴于中国农场种植西瓜的传闻，终究还是抵不住诱惑，凭什么人家可以我们不行啊？于是就开始自己动手丰衣足食。我们住的地方是个超大的板房四合院，中间一个篮球场，其他地方都是空地，于是我们带了农具开辟了一小块地方，除掉杂草，翻新泥土，把国内带来的西瓜种子种下去。然而考虑到这边的土质，一桶水下去很快便不见了踪影，要把这块小小的西瓜地浇透，少说也得四五桶水，于是我们制定了一个值日表，两人一组，天天浇水，从不间断。我们开玩笑说，用掉的这些水钱都比西瓜值钱多了。

功夫不负有心人，没多久苗就抽了出来。一大群毫无农业知识的铁路工程师就在田边争论着种瓜的方法，就像一群大老爷们围着初生的婴儿讨论如何裹尿布一样，有的说等花开出来要把花掐掉，否则会吸收营养；有的说花掐掉了还怎么结果，不但不能掐，还得人工授粉，因为这里没有蜜蜂；有的说西瓜不能浇太多水，就得旱养，否则瓜不甜；有的甚至还说得给瓜藤做个架子让它爬，因为西瓜属于爬藤植物。总之，众说纷纭，莫衷一是，而且说的都煞有介事，听口气个个都是经验丰富、种了一辈子瓜的老瓜农。

这片土地的神奇之处就在于在如此"精心"的呵护下，西瓜苗就跟发了疯似的生长着，藤蔓立刻爬满了整块瓜地，猪耳朵般大的叶子郁郁葱葱，一派欣欣向荣的景象。没多久，浇水的人发现藤蔓上结出了拳头大小的西瓜，这个振奋人心的消息可把大家高兴坏了，于是尽释前嫌，摒弃了偏见，将所有的热情都投入到西瓜种植的事业上去，一天三遍地跑去地里看看西瓜长大了没，仔细检查有没有结出新的西瓜。

日子一天天过去，西瓜也越长越大。在我们的观察下，发现个头最大的两个西瓜已经有一段时间没有长个儿了，大家就在议论是不是可以摘下来享用了。于是跑到田里去，在西瓜身上敲敲打打，有人说已经熟了，可以吃了，再等下去就熟过头了，也有的说还早得很，到时候切开来是个白瓜那才叫暴殄天物，少说再等个两三天。大家犹豫不决，后来我们一位种瓜积极性最高的女领导发话：再等两天，两天后拖出来杀了吃！

结果，当天晚上西瓜就被人偷了！

这一下非同小可，这挨千刀的贼，偷什么不好偷我们的瓜，这可是所有人几个月来的心血，看着瓜一点一点地长大，简直就是我们的掌上明珠。也是我们疏忽大意，我们这个大院在本格拉铁路的设计工作结束之后，由原来的设计指挥部改成了物流中心招待所，人来人往，鱼龙混杂，尤其是拉钢轨的大车司机，基本都是工程局外聘的员工，素质都不怎么高，而且一般都是住上一天就走，非常方便作案。早知道应该提高警惕，在西瓜地里搭个凉棚派人看守，结果现在几个月来的劳动成果就这样不翼而飞了，大家都义愤填膺，但又无可奈何。我们那位女领导是个火暴脾气，而且天不怕地不怕，知道消息后立马跑到司机宿舍的门前破口大骂。那天我不在场，没有亲眼看见这令人震撼的景象，只是听同事跟我描述当时的情景：好家伙！霎时间地动山摇，飞沙走石，气吞山河，日月无光！我们这位女领导骂的真可谓慷慨激昂，痛快淋漓，谁听谁想死！真是巾帼不让须眉，直可媲美当年诸葛亮在阵前骂死王朗。

虽然被偷的西瓜已经追不回来了，但给了他们这样一个下马威，后来就再也没发生过西瓜被盗事件。

　　这许多年里，我们项目部前前后后种了大概有三四茬西瓜，虽说产量不高，而且质量也不咋的，多是国内香瓜大小的个头，切开来红中带黄，黄中有白，味道也有些奇怪，我们只能互相安慰说，就当是喝水吧。的确是一方水土养一方瓜，但我们仍旧吃得非常开心，毕竟是自家孩子，再没出息那也是个宝啊。每次切开西瓜，领导总会让我们拿上两块去给工程局领导尝尝，这一举动的政治意义大于实际意义，工程局的领导平时都吃腻了的东西，而且这瓜品相、味道都令人不堪，估计随手就丢一边去了，不过主要目的是要给他们传达一个信号：你看，我们平时有啥好东西都会拿来跟你们分享，你们也别忘了兄弟我们啊！

　　我们在安哥拉种植的水果中，除了西瓜，还有木瓜跟香蕉。

　　其中木瓜是最成功的。我们在门前的绿化带上种了一排，西瓜地的旁边也种了一大片，这种热带的木本植物在吸收了足够的水分之后长势惊人，短短的几个月时间就从一棵小树苗长成了比房子还高的大树，长长的枝叶在树顶伸展开来，像一把撑开的太阳伞。在伞蓬下方，不久就开出一些黄白色喇叭状的小花，等到花朵枯萎，小小的果实就结了出来。

　　靠近我们宿舍的木瓜树往往长得很好，因为我们半夜三更总是会给它施一些有机化肥，而离得较远的就不那么幸运了，树的个头还没人高，就已经开花结果了，而且果实往往少得可怜，一簇果实只有一两个能够长大，这是发育不良的表现。院子里长得最好的一棵木瓜树要数医生门前那棵，医生每天早晚都会在树下刷牙洗脸，估计洗下来的水里面含有丰富的"蛋白质"，日日夜夜滋润着这棵木瓜树。等到木瓜成熟的时节，医生用油彩笔给他门前的木瓜编号，一口气从一号

结满果实的木瓜树

编到了六十三号！真是木瓜中的"战斗机"。

后来听同事说，木瓜树竟然有公母之分，可以从果实的形状来区分。我们门前的那些木瓜浑圆饱满，就像女人的乳房，这是母的木瓜，女人吃了可以丰胸。然后他领我去看工程局门前的那排木瓜，那些木瓜树上结出来的果实粗壮修长，比茄子大，比黄瓜粗，就跟男性的生殖器一样，这是公的木瓜，男人吃了可以壮阳。对于这种大胆的言论我大吃一惊，但又觉得有几分道理，等到木瓜成熟的时候，一群大老爷们一边吃着自家用来丰胸的母木瓜，一边觊觎着人家可以壮阳的公木瓜，内心骚动不安。有的脸皮厚，跑过去蹭两块，吃了跑回来说，果然是公木瓜比较好吃。

安哥拉的水果中，香蕉是最便宜的。记得刚来安哥拉的时候，我跟同事就经常走半个小时的路到我们基地附近的一个小路口，那个路口会有一群穿着安哥拉传统服饰的阿米嘎在卖香蕉，每个人前面放一个篮子，整整齐齐的叠着成串的香蕉，基本都已熟透发黑。我们会挑选其中成色较好的，稍微还一还价格，当时一串香蕉也就是两三百宽扎的样子，折合人民币十几块钱。然后我们回来路上就一边走一边吃，虽然烈日当头，但仍有滋有味。

后来香蕉的价格逐渐上涨，涨到了我们吃不起的水平。有的同事就干脆买生香蕉，就是那种长长的一大串还没成熟又青又硬的香蕉，大到两个人才能扛得动，价格便宜得离谱，但是不知道怎么催熟。于是，同事中又冒出了香蕉种植专家，说生的香蕉要放到透明的塑料袋里捂着，然后每天在太阳底下暴晒，通过光合作用让香蕉成熟。听来十分合理靠谱，于是我们就这么干了。结果等到快回国了还不见成熟，我们气急败坏地把香蕉取出来，发现青得发硬的香蕉已经开始腐烂了。

　　食堂的门前种了两棵香蕉树，由于靠近洗碗的水池，水源充沛，而且剩菜剩饭总是倒在附近，那一块土地肥沃得简直就是小北大荒。两棵香蕉树得到了很好的滋养，长得精神抖擞，枝繁叶茂，结出来的香蕉也是根根粗壮饱满，让人垂涎三尺。后来我们跟厨师打了个招呼，从他那边移植了一棵过来，种在我们门前，日夜浇灌，充分吸收了我们的精华，不久居然长出两大串香蕉来，虽然没有厨房门口的那般饱满，但总算是成果斐然。后来有一串香蕉长到了马路中间，给来往的车辆

造成了麻烦，有天一个司机一边发短信一边开车路过我们门口，咔嚓一声撞上香蕉，把汽车的后视镜给撞掉了。万幸的是我们的香蕉毫发无损。

我抱着刚刚收获的一大串香蕉

　　一来出于安全考虑，二来感觉也长得差不多了，我们就用锯子把两串香蕉都锯了下来。这下我们学聪明了，从网上查了催熟的方法，把香蕉装进口袋里，在里面放上两个橘子。果然，没过两个礼拜，香蕉接二连三的成熟了，没想到的是成熟的速度实在太快，我们项目部四五个人完全吃不过来，每个人都吃到想吐，纷纷发誓以后永远不吃香蕉。后来硬性规定，每人每天必须吃掉五根以上的香蕉，否则不准睡觉。就算这样，还是有许多来不及吃而烂掉了。

　　这香蕉树似乎一辈子只结一次果，自从那年的香蕉盛宴之后就再

也没有了动静。现在回想起那段不堪回首的时光，立刻充满了无限的向往和渴望。果然如同叔本华所说，人的意志的本质就是盲目的欲望和永不疲倦的冲动，当欲望得不到满足的时候就会充满痛苦，一旦欲望满足了又感到疲倦寂寞，人生就是被这样一波又一波的欲望所填满，如同一个钟摆一样，左边痛苦，右边空虚，永无止境。

这是叔本华的悲观哲学，也是我的香蕉哲学。

我在非洲的动物朋友

回到国内朋友聚会，很多人会问我在非洲有没有见到什么野生动物，诸如非洲象、狮子、猎豹以及成群结队的角马之类的，我说怎么可能，又不是公费旅游，倒是见过一条鳄鱼，吃过一只六十斤左右的野生鳖，也曾经摸过一张豹子皮，和一只老鹰合过影，如此而已。

虽然没见过多少野生动物，但我在安哥拉的动物朋友，倒是有那么几个。

要说本格拉的动物圈，应该没有几个不认识欢欢的。

我记得最早是 2008 年的时候，那时本格拉大院的徐医生从罗安达引进了两只小狗，一公一母，取名欢欢和乐乐，养在院子里，活蹦乱跳，很讨人喜欢。后来不幸都给车压死了，徐医生伤心了一阵，又从外面弄来两只小狗，依然是一公一母，仍取名欢欢、乐乐，大家私底下虽然理解徐医生对爱狗的思念之情，但多少觉得有些晦气。果然，没过多久，乐乐就被车压死了，一股不祥的阴影笼罩在本格拉的上空，大家都觉得欢欢也"在劫难逃"。然而，出乎所有人意料的是，欢欢竟然顽强存活了下来，而且繁衍后代，子孙遍地，估计本格拉一半的狗都能跟欢欢沾上点亲戚关系。这也就是为什么欢欢能够在她"男人"松皮去世后一直雄踞本格拉权势排行榜第一名宝座的原因。

欢欢的"男人"松皮，其实是欢欢的亲生儿子，这种俄狄浦斯弑父娶母的人伦悲剧在狗的世界就是家常便饭。作为欢欢的头胎儿子，松皮保持了良好纯正的血统，忠诚、勇猛、宽厚、包容，典型的一家之长，在少得可怜的食物面前，他会先让妻子和孩子们吃饱，在有外来入侵者出现的时候，他会咆哮着挺身而出，不过回来的时候总是一瘸一拐。在我印象里，松皮几乎就没有过健康的时候，不是瘸一条腿，就是瘸两条腿，然而院子里一有什么争端发生，就会看见松皮一瘸一拐的身影。

松皮是这个院子里威严的执法者。

然而有一年的交配季节，隔壁物流中心的四五只大黑狗过来找欢欢的乐子，松皮孤身一人与入侵者们"浴血奋战"，深更半夜都能听到野外公狗们厮杀的叫声。第二天松皮没有回家，第三天也没有，直到第四天，终于看到松皮一瘸一拐拖着满身的伤痕走进本格拉的大院。战斗之惨烈可以想象。当天下午，入侵者们又发起了攻势，走路都成问题的松皮带上了他胆小猥琐不成器的儿子悲壮地上了战场。没过多久，松皮的儿子落荒而逃，拖着长长的血迹窜进我们宿舍，躲在床底下瑟瑟发抖，眼神惊恐万状，似乎受了重大的惊吓。然而松皮从此再也没有回来。

为自己的"女人"战死，松皮的悲壮足以谱写成一首荡气回肠的史诗。

欢欢的后代中，多数是猥琐、胆小、丑陋的癞皮狗，近亲繁殖的劣势充分暴露了出来。然而豆豆是其中最闪亮、最耀眼的明星。

作为欢欢与松皮第一批也是唯一一批孩子中的长女，豆豆一出生就集万千宠爱于一身。我们项目部的一群大老爷们，将无处释放的父爱都倾注到她的身上，又是洗澡又是梳毛，睡觉还有毯子，吃饭更不用说，就跟公主一样伺候着，欢欢在一旁急得乱跳，似乎在说："生了你个小畜生，竟然来夺老娘的口粮！"而威严的松皮则守在一旁，一有别的狗靠近就把它吼开。这样规格的待遇在本格拉恐怕是前无古人，也后无来者了。

转折发生在司机老田带回来两只小狗之后。其中一只小花狗两只眼睛就像乌黑的葡萄，耳朵小巧，毛色发亮，俊俏的模样足以秒杀豆豆。于是我们就把对豆豆的爱转移到了那条小花狗身上，每次我把食物拿去给小花狗吃，一旁的豆豆嫉妒、哀怨、仇恨的目光，都令我脊背发凉。一个月黑风高的夜晚，我听见院子里传来一阵狗吠，走出去发现隔壁物流基地的四五只大黑狗又混了进来，自从松皮不在了之后，本格拉基地就少了一股阳刚之气，剩下的公狗们如同过街老鼠，而欢欢倒是满不在乎，凭借其迷倒万千公狗的绝世气质颠倒众生，用电影里的台词说就是："我只想做县长夫人，谁是县长，我根本不在乎。"但那天我发现跟公狗们混在一起的不是欢欢，而是豆豆，这时候的豆豆已经亭亭玉立，逐渐得到了一些公狗的青睐，可没想到的是竟然恬不知耻地跟她的"杀父仇人"混在了一起！第二天一早，我拿着吃的去看望小花狗，司机老田蹲在水沟旁边愁眉苦脸地抽着烟，我问他怎么回事，他说小花狗昨晚被大黑狗咬死了。这时我才发现水沟里躺着小花狗的尸体，四肢僵硬地伸着，身上的毛被乌黑的血迹黏成一块一块，另外一只小狗在水沟旁来回跑着，叫着，稚嫩凄恻的叫声似乎在告诉我昨晚发生的惨剧。

回去我狠狠收拾了豆豆一顿。

从此以后，豆豆不再被允许到我们办公室午睡，睡觉也没有了毯子，吃饭也没有了小灶，跟普通的母狗一样，抢不到吃的就得饿肚子，一到交配季节就生下一窝又一窝的小狗。从"贵族"到"普通人"，这是成长的代价，也是这个社会铁一般的现实。

欢欢和豆豆

上个月我们项目部去了一趟罗安达，为期十多天，回来之后豆豆便不见了踪影，剩下欢欢和三只小仔。我心想一定是我们离开期间没人喂她东西吃，到别处觅食去了，说不定过几天就会回来，毕竟这里是她的家。但半个月过去，还是没有见到豆豆的踪影。

想必豆豆一定是找到了一个安乐的所在，衣食无忧，再也不惦记我们了。

本格拉基地大院除了整天吵吵嚷嚷的狗仔们，早前还有一位名副其实的调皮大王。

那时我刚来安哥拉，住在这个院子里，有天不知从哪跑来了一只小猴子，在我们院子里玩了几天，发现这里食物丰富，水源充足，还有很多友善的人类朋友供它捉弄，于是这只小猴子就心安理得住了下来。

一开始我们都对它客客气气，它也不来骚扰我们，成天在院子里的树上玩耍，掏鸟窝，逗欢欢，饿了来讨点食物。后来这个家伙就越来越放肆了，堂而皇之地出入我们的房间，一不小心忘了锁门，这个家伙就会闯进去大闹一番。我们正在工作，它会突然跳到我们头上来胡闹；我们不跟它玩，它会跑到电脑上来拉坨屎；我们正在午睡，它会猛地跳到蚊帐上把蚊帐咬破，还赖在床上赶也赶不走。我从食堂打了饭菜回来，它会一路挂在我的腿上要东西吃。一个同事花了不少钱买了一盒苹果，十分小心地藏到床底下，结果被这个家伙挨个咬了一口，气得他嗷嗷乱叫。

当然，这个调皮大王也没少挨揍。

那个时候我们的口号就是"防火防盗防猴子"。终于，有两个同事在揍猴子的时候被它给咬了，有人就建议要把这个危险的畜生关起来，这个建议得到了绝大多数人的赞同，唯独一位热爱动物的女领导坚决反对，所以大家只好作罢。然而没过多久，这个不知天高地厚的小东西好死不死地把它唯一的靠山——这位护着它的女领导——给咬了。当天它就被关到了厕所边上的笼子里，从此失去了自由。大家只能在上厕所的时候顺道"看望"一下它，我有时候也会把吃剩的苹果核给它捎过去。每次见到它在笼子里忧郁的眼神，好像在忏悔，又好像在哀求。

小猴子喜欢看着我们工作

谁叫你调皮捣蛋，闯祸闯到太上老君家里去了呢。

关了大概两个月左右，有一天我带着苹果核去看小猴子，突然发现笼子里空空如也，我去问厨师猴子去哪儿了，厨师一边切菜一边说，管理员带走了，可能是带到万博去了吧。我感到一阵空虚，望着空荡荡的笼子，心里还是有几分想念这个毛茸茸的小东西的。

但愿你在新的地方可以自由自在的生活。

最后还想写一位在卢埃纳结下深厚友谊的动物朋友。

这位朋友是一只黄白相间的小猫咪。2012 年，我们项目部忙于本格拉铁路施工方面的相关工作，在卢埃纳的基地驻扎了几个月的时间，这期间这只猫咪一到晚上就会来拜访我，我则会在并不丰盛的晚饭中留出一部分给它，每天如此。

吃过晚饭它就会在我们房间里玩耍，或者安静地靠在我腿边打瞌睡。那段时间我上海的家中也养了一只白色的狮子猫，所以对猫有着异乎寻常的亲切感，也不嫌脏，抱着它到处晃悠。我在工作的时候她会来跟我撒娇，用它锋利的爪子来挠我，要我陪它玩。

我到处找材料给它做了个饭盒，又弄了个小碟子盛水，还想办法给它做了个窝供她睡觉，结果遭到宿舍里同事的强烈反对，因为有一次这只猫咪跳到我们沙发上睡觉，还找了件我同事的衣服垫在下面，美滋滋睡着，我同事发现后大发雷霆，拿起扫帚把它狠狠收拾了一顿。猫确实是记仇的动物，后来每次看见我同事，就会吓得"抱头鼠窜"，有时候在房间里安逸地躺着，突然就跳了起来，没命似的窜出门去，原来它已经听到了十米开外我同事的脚步声。

有人说猫永远都饿不死，确实是这样，这只猫咪有着超强的觅食本领。有时候我们的晚餐非常寒酸，分不出东西给它吃，它就会独自到外面捕食，而且什么都吃。我们门口有一盏路灯，一到晚上就会聚集很多的蛾子，密密麻麻的不停撞击着灯泡。这时候猫咪就会蹲在路灯下面，仰着头专注地盯着路灯看，一有蛾子撞晕了掉在地上，它就闪电一样扑过去，抓起还在扑腾的蛾子嘎吱嘎吱的吃起来。

除了蛾子，它还经常捕蜻蜓、蜜蜂、螳螂来吃，当然，这些都不是她的最爱，对于一只猫咪来说，老鼠永远是无可堪匹的美味。有一次我们房间跑进来一只老鼠，哧溜一下钻到了铁皮柜后面，猫咪立刻警觉起来，弓着背守在柜子边上，耐心的等待老鼠出来。这只老鼠估计也是看到了猫咪，躲在柜子后面死活不出来，我看见了就出去找了根木棍，塞到柜子后面的缝隙里使劲去捅老鼠，老鼠受不住我的骚扰，硬着头皮窜了出来，被守在另一头的猫咪扑了个正着。就这样我们完成了一次默契的配合。

随着工程的结束，我们项目部也撤回了本格拉，告别了卢埃纳之后我常常在想，这只猫咪是不是还会每天晚上到我房间门口呢，会不

我在卢埃纳结识的猫咪朋友

会每次看见紧闭的房门失望而归呢？不知道今后还有没有机会再去卢埃纳，就算去了，还会不会碰到这只小猫咪，就算碰见了，不知道它还记不记得这位中国朋友。

应该会的吧。

后记：

写完这篇文章的第二天上午，我们项目部的人正在办公室开会，突然办公室的门被推开了，一看原来是豆豆回来了！大家高兴得会也不开了，围上去跟豆豆说话。发现豆豆瘦了一大圈，两边的排骨历历可见，而且背上有一圈被钢丝勒出来的深深的伤口，还在淌血，看来是被人抓起来了，刚刚挣脱，死里逃生。我们领导看了眼泪直流，一边拍着豆豆的头一边说："回来就好，回来就好……"

路途多险恶

不知道从哪年开始，安哥拉的警察变坏了。

其实好几年前安哥拉的警察就已经是这副德行了，只有听一些"老安哥拉"说起公司刚进场的时候，大概是2006年、2007年的样子，那时候安哥拉人没见过多少中国人，看到中国人就像我们国家20世纪六七十年代乡下人见到外国专家似的，尊敬得不得了，别说故意找碴敲诈勒索了，一个个畏畏缩缩点头哈腰，看多了成龙李连杰的功夫片，以为所有中国人都是身怀绝世武功，动动小拇指就能把人弄死的武林高手。后来大批中国人蜂拥而入，良莠不齐，世道马上就变了，当地人觉得中国人也就那样，有的素质比黑人还低，由开始的敬畏变成了蔑视，甚至敌视。年长的人不无伤感地说，当年刚来的时候，安哥拉人请教我们中国话"你好"怎么说，结果有的坏家伙骗黑人，说"爷爷"就是"你好"的意思，结果有段时间，所有黑人见了中国人都叫"爷爷"，事情很快就败露了，中安友谊也就是那个时候出现了难以弥补的裂痕。

安哥拉的警察是最坏的，他们发现中国人有个特点，喜欢花钱消灾，小小刁难他们一下，就会有笔可观的收入。见到中国人的车，似乎不拦下来弄点过路费，那警察就算是白混了。后来有的中国老板，财大气粗，不想多事，在被拦下来检查的时候，直接在驾驶证或者护照里夹上几张面额一千的纸币，黑人警察看了会意一笑，立刻放行，这叫收人钱财，与人方便，双方心照不宣，十分的默契。

当然多数人不愿意这么任人宰割，我们在这边工作的中国人有时候就聚在一起商讨对策，大致有这么些对付警察的办法。

一个是磨叽派，有人说你就跟他干耗着，他顶多扣你一个小时，觉得麻烦也就放你走了。后来经过反复实践证明，这个方法烂到家了。

一个是死皮赖脸派，就说身上没钱，双手一伸，意思让他用手铐铐走得了，要钱没有，要命一条。有人实践成功过，但我在想这个方法还是很有风险的，万一真给你铐起来那可不是闹着玩的。

在安哥拉街上开车总是提心吊胆

最有效的方法，车上带一个黑人士兵，黑人士兵的脸就是一张通行证，如果有枪那就更拉风了，警察见了都得绕道。但是这黑人士兵不是随时都能带的，当年他们工程局承接了本格拉铁路一千多公里的大修，是跟安哥拉军事办公室签的合同，所以跟军队还有点近乎可以套，将军也大方的给每个项目部配了黑人士兵当保安，但是数量有限，车上带一个，家里就没人看大门了，除非重要领导出行，随车保安不是随便配的。

我们司机老倪说有次他带着指挥部的首席翻译谢老师，用他的话说，那比黑人当兵的还好使。那次谢老师坐他车，路上被一个警察拦下来，那个警察查完驾照查行驶证，查完行驶证查产权证，接着又查授权证明，又挨个查护照，总之就是不挑点毛病出来不罢休。后来实在挑不出毛病，就直接问老倪要钱，老倪当然不干了，跟他左一句"闹达蹦"（葡萄牙语"不好"的意思）右一句"闹达蹦"，互相谁也听不懂谁，就这样吵了起来。谢老师戴了副墨镜坐在后排一言不发，看见两人争执起来，于是他慢慢摇下车窗，对着黑人警察疾言厉色地说了两句葡萄牙语，那个警察立刻就消停了，像犯了错的学生一样乖乖的不敢说话，直接放他们走了。"人家谢老师水平就是高，"老倪每次回忆起这段经历时就会这样感慨："不光葡语说的好，而且人家熟悉安哥拉的法律法规，跟安哥拉高官谈笑风生，一个小破警察哪放在眼里？唉，你看看现在那些新来的小翻译，光记了些个单词，有什么用呢？气场！关键是气场！闹达蹦！"庙小容不下真龙王，没多久谢老师就另谋高就了，当然这中间还有些故事。

上个月我们项目部几个人又从本格拉去罗安达，做关于罗安达轻轨的相关工作。路上给警察拦下来，我们领导"自恃"证件齐全，拒不给买路钱，那个警察也是个坏种，一副吊儿郎当的模样，痞子气十足，对我们刁难了一阵，看我们还不给钱，立刻就变了张脸，嘴里叽叽歪歪，我们也都听不懂他说什么，我揣测他是在说："你们这群臭中国佬，别不识抬举，给脸不要脸，不给钱是吧，看我不整死你们！"没收了证件和车钥匙，把我们晾一边，应该是要我们反省一下，他自己先去收拾别的车了。我们领导说："没事，我们就跟他耗！凭什么给他们钱？我们证件齐全，保险也按时买，车检也年年检，理在我们这边，不要怕他们！要告诉他们中国人不是那么好欺负的！"我们纷纷点头，同仇敌忾，决心要跟敌人周旋到底。领导又叮嘱司机，到时候那老黑把证件还给我们，要看清楚了，不要拿错了证件。

因为2013年就吃过这个亏，警察收了证件去检查，还回来的时候把别人的给了我们，结果我们司机老孙看也不看，一脚油门就走了，结果到了下个检查口，被拦下来一查，发现是别人的驾照，这下傻了眼了，罚了一大笔钱不说，回头还得去补办证件，花了四五百美元。中间存着侥幸心理，跑去错换了驾照的地方打听，对方的司机也没回来找他自己的证件，只好哑巴吃黄连。后来我们揣测，多半是因为我们给钱给的不利索，警察就想了这法子来故意整我们。

我们就这样坐在车里等了大半天，气定神闲的抽烟喝水，装出一副"你放马过来啊，爷不怕你"的姿态。果然，那个警察似乎意识到了这帮中国人没啥油水可榨，就把证件交还给了我们，示意我们可以走了。老倪一查证件说："不对啊，少了两个证，驾驶证和产权证不见了！"就追着警察要，警察摊摊手说没有，全都给我们了，在我们面前装模作样地摸遍了全身的口袋，我跟领导说："这家伙肯定是在装，就是故意不给我们，其实还是想要诈我们钱！"后来那个警察说，很有可能是给前面一辆中国人的车了，要我们原地等着，他挥手在路边拦下一辆车，搭了他们的车就去追赶。

我们一帮人在路边又苦苦等了两三个小时，一边猜测一边发牢骚，有人说那警察就是故意的，有人说不会啊，那他跑来跑去不是自找麻烦吗？而我坚持这一切都是这个警察在演戏，肯定是把我们的证件藏了起来，然后拦辆车出去兜兜风，最后肯定还是要回来敲诈我们钱财。没多久过来了辆车，下来个警察，肩上有几道杠杠，貌似警察头头，似乎讲点道理，还会两句不地道的英语，跟他说清楚了事情的原委，他动手给我们开个遗失证明，有效期十五天，还给我们保证会把证件找回来，留了电话说找到了通知我们。我们将信将疑，人海茫茫，怎么找得回来。过不多久，那个警察回来，告诉我们没追到证件，看到他们领导来了，似乎也有点心虚，一边说一边在胸前画十字架，表示忏悔。他开完遗失证明，说去前面他们派出所盖个章，让我们跟着他的车。

那个黑人警察也是个缺心眼，一脚油门车子就不见了踪影，我们一车人瞪大了眼睛怎么都找不见他车，医生老顾斩钉截铁地说："就在前面，我看见他的车了！"于是我们就使劲追。追出去大概一个多小时，终于感觉不太对劲了，已经到了下一个检查口，我们下来问他们警察局在哪里，一帮人谁也说不清楚，谁也听不懂谁，后来决定原路返回，还是回到最早被拦下来的地方。路上老倪一边开车一边骂娘，说别的证件补办起来还算容易，这个产权证就麻烦了，一定得要到罗安达办，手续费加小费差不多就要 500 美元。无意间看到领导掏出纸巾擦了擦额头上的汗珠。

后来总算把事情搞定，到达罗安达已经晚上九点多钟。

我们把经历说给人家听，人家听了觉得不可思议，说我们是中了奖了，去年碰到一次，今年又碰到。"不能就这么便宜了他们！"领导对我说："小马，回去你得写个东西，严厉谴责这个警察的行为，我叫小周给翻译好，你跟老倪去本格拉警察局告这个警察一状！否则咽不下这口恶气！"我心想领导平时温文儒雅，竟然也爆发了，看来真是给气坏了。

本格拉到罗安达这条公路，比起我们经常去往万博、卢埃纳方向的公路不知好多少倍，但就险恶程度来说，绝对不亚于那些坑坑洼洼、到处是地雷的道路。

后记：

刚写完这篇小文，老倪走过来跟我说，今天下午那个警察来我们基地了，好像是诚心认错，说弄丢了我们的证件很过意不去，提出补办证件的费用由他来出，但他也穷，只能出300美元，再多也出不起了，唯一的要求就是希望我们别去警察局投诉他，否则他可能会因此丢了饭碗，看来，他们的制度还是挺严的。

面包树下的安哥拉

　　在这本集子的名称确定之前，我和妻子一直在为起一个可以惊世骇俗大卖特卖的书名而苦恼。我主张沉稳保守，书名就叫《安哥拉散文集》，或者《非洲游记》，低调而有内涵。妻子听了说，起这种名字谁要看？要突出非洲特色，引发读者的兴趣，一本书的名字就决定了这本书能不能畅销。我听了深以为然。妻子又说，你学学别人的畅销书是怎么起名的啊，再结合安哥拉的特色，就那啥面包树，对，面包树，有本畅销书就叫《面包树上的女人》，又有非洲元素，又有女人，这多抓眼球，就冲这书名我就得去买一本。我说可是这个名字已经给人用了啊。妻子说，那你就来个《面包树下的女人》，要不行就来个《面包树下的安哥拉女人》，总之一定要有面包树，你这书定能大卖！

　　后来我去查了下《面包树上的女人》这本书，讲的是个都市爱情故事，跟面包树、跟非洲八竿子打不着，于是我心中愤愤不平了好一段时间，跟面包树没关系你起这名字干啥，把这名字让给我多好，简

张牙舞爪的面包树

直是占了茅坑不拉屎。

　　说归说，但是将面包树作为安哥拉乃至非洲的象征，应该不是妻子一个人的看法。于是思来想去，不说说面包树哪能称得上去过非洲，而且《面包树上的女人》这么好的书名给人占了，不能善罢甘休，为了弥补这个遗憾，我就干脆写篇散文《面包树下的安哥拉》，写一写生长在这片神奇的土地上的神奇植物。

　　作为一个对花花草草不感兴趣的大老爷们儿，非洲的植物竟然有两次把我狠狠震撼了一下。一次是到万博的时候，看见街道两旁开满紫色花朵的大树，沿着万博的主干道整齐地排列着，这些戴着紫色花冠的巨树在湛蓝色的天空的映衬下格外圣洁典雅。还有一次就是见到面包树，那是 2008 年我第一次来安哥拉，坐车沿着崎岖的公路从本格拉一路颠簸到库巴尔，前面的工程车扬起厚厚的尘土，我从车内贴着车窗仰望路旁的面包树，这种植物树干高大肥胖，树顶枝丫纵横，光秃秃的没有叶子，树枝上垂挂着面包状的浑圆果实，像是用绳子吊着一颗颗的手雷，这些面包树一个个形态各异，张牙舞爪，漫天的尘土像浓烟一样蔓延缠绕，恍惚间来到了蒂姆·波顿电影中的断头谷。我狠狠地打了一个寒战。

　　真是一群恶魔。

　　这是我当时脑中唯一的念头。后来我在诗歌《萨温吉拉》的开头写道：

荒漠，从库巴尔就蔓延而来

带着枪支，地雷和贫穷

挂满手榴弹大小的果实的面包树

恶魔一样牢牢地抓住沙地

可没有它，你们如何生存？

说到生存，很多人都会问一个问题：面包树上是不是会长出来面包。当然，任何人都不可能期望一棵树上会长出蓬松可口热气腾腾上面还嵌着肉松的面包，这个问题其实是在问这种树为什么会叫面包树。据说面包树的果实——也就是我在上面提到过的树枝上挂着的状如手榴弹的东西——成熟之后果肉会变得松脆，放在火上烤熟之后可以直接食用，就跟烤面包一样好吃，所以就叫作面包树。但是这种说法并不靠谱，因为我从来没有见过当地人把面包树的果实烤来吃。还有一个说法是面包树这个名字其实是阿拉伯语的音译，果实出口到埃及那边，很受欢迎，人们就管它叫"波巴布树"，这也是面包树的学名。

巨大的面包树，把树干挖空可以住人

挂满果实的面包树

我们中国人可能舌头有点绕不过来，波巴布树，包包包树，这么胖乎乎的，干脆就叫面包树吧！然而人家可能跟面包一点关系也没有，因为也没见有老外管它叫 bread tree。等到果实成熟，动物们会成群结队去吃，尤其是猴子，因此面包树也叫猴面包树。

后来才知道面包树有很多品种。有一次我在网上聊天，朋友说他特别喜欢非洲的面包树，然后发了几张面包树的照片给我看，我一看照片，一棵棵树跟个矿泉水瓶似的，和安哥拉的面包树完全不一样，但看着肥胖的体态，除了面包树还有什么树能胖成这样？我上网一搜，说是面包树有八个品种，马达加斯加的面包树品种是最齐全的，我朋友发的图片上的面包树就是马达加斯加特有的，叫作格兰迪尔猴面包树。后来我在莫桑比克北部重镇太特附近，还有津巴布韦的布拉瓦约以北，也见到过面包树，这些面包树跟安哥拉的属于一个品种，统称非洲面包树。

面包树之所以能在非洲遍地生长，在于它强大的储水能力。有人把面包树称为水塔、生命之树，它适应了非洲草原旱季雨季交替的气候，在雨季的时候利用它肥胖的身体疯狂地储藏水分，等到旱季来临时，它会以最快的速度把树上的叶子脱干净，把水分的蒸发减少到最低限度，这样就算半年滴水不落，它也能活得好好的。据说探险者在非洲草原迷路，找不到水喝的时候，只要凿开面包树的树干，水就会喷涌而出，跟个水龙头似的。我没有尝试过这么做，因为面包树的树皮

当地妇女正在用木槌把面包树的果实敲成粉末以便食用和存储

比墙还厚，要想不借助电钻把皮凿透基本就是自讨苦吃。而面包树的内部却木质疏松，应该是为了方便储存水分，所以有时候能看到当地的居民把面包树掏个洞，搬到树洞里居住。据说面包树的内部冬暖夏凉，非常适合居住，储存的食物也常年不会腐坏。

我在库巴尔待过四五天。一天，测量队的工长说附近有一辆废弃的坦克，还挺新的，带我们去看看。于是，工长领着我们一帮人穿过一片草地，来到一个村庄附近，村庄边上停着一辆装甲坦克，我们轮流过去合影留念，打道回府的路上，看见一大群妇女坐在一块平坦的岩石上敲敲打打。我们好奇地过去一看究竟，原来她们在把收获下来的面包树果实敲成粉末，用一个木制的榔头，如同我们捣蒜一般，把果实碾成细细的白色粉末，然后带回家存储起来，吃的时候拿点出来煮。我在市集上见过当地人煮这东西，白乎乎的一锅糊糊，跟煮石灰一样，看了就没有什么胃口，煮的人问我要不要尝尝，吓得我落荒而逃。我不知道这东西味道如何，当地人倒是非常喜欢吃，而且据说这东西营养丰富，淀粉含量非常高，维生素 C 的含量比橘子高三倍，被称作超级水果，泡起来可以直接当饮料喝。这么看来，这东西应该还是比较美味可口的。

面包树还有很高的药用价值，它的果实可以治疗疟疾，这在疟疾肆虐的非洲简直就是神一般的存在。中国人过去之后，充分发扬了神农氏尝百草的精神，从更多的角度探索面包树的功效。有人说面包树的树皮可以入药，至于入什么药，估计本草纲目里头应该不会有相关的记载；还有人说这果实吃了能降三高，国内刚来的时候每天药不能停，在安哥拉待了半年之后自己就痊愈了；又有人说这果实的皮拿来擦皮肤可以美容丰胸，否则那些个阿咪嘎怎么一个个胸脯饱满，皮肤

与面包树一起长大的孩子们

跟黑色的绸缎一样光滑；更有的人说，男人吃了之后可以壮阳，你看那些树干粗的，不能壮阳它长那么粗干吗。当然这种典型的中国式思维立刻遭到了理性人士的反驳，说能壮阳的那是木薯粉，不是面包树粉，是桉树皮，而不是面包树的皮。

面包树给当地人提供了丰富的水源，取之不尽的食物，治疗疟疾的灵药，遮风挡雨的居所，可以说已经成为安哥拉人的母亲

以面包树为题材的画作

树，甚至成为他们民族的图腾，为当地的艺术家提供源源不断的灵感。我经常在罗安达的象牙市场看见大量以面包树为题材的画作，画中的面包树经过艺术加工，显得格外夸张，如同中国画里的高山一般，渺小的人类在巨如高山的面包树下安居乐业唱歌跳舞，丰腴的面包树如同母亲一般用乳汁哺育着当地的人们，粗犷的线条，厚重的用色，充满浓郁的非洲色彩。第一次去安哥拉的时候，我被这些画作深深地吸引了，花了200美元买了两张，结果带回国之后没用镜框装裱，卷在书架上放了两年，当我再一次展开这两幅画时，它们就像风干的海苔一样碎成了粉末。这恐怕是我迄今为止投资过的最贵的艺术品了，想到那时候美元和人民币兑换的汇率还是1∶8，我的胸口至今还会隐隐作痛。

　　安哥拉人对于面包树的迷恋与崇拜展现在生活的方方面面，除了画作，面包树还出现在木雕、陶艺、布艺这些日常的用具上，安哥拉国家银行的标志就是一棵面包树，还有街上经常能见到各种各样的公司和商店的 logo，或多或少都包含面包树的元素。这种粗壮如男人生殖器，丰腴如女人乳房的植物，毫无悬念地成为安哥拉整个民族的图腾，这恐怕也是自古以来人类生殖崇拜的一部分吧。

本格拉洛比托地区美食攻略

很早以前就想写一篇关于本格拉洛比托美食的文章，但一来搞不清这些餐厅的地址——这里的门店从来不挂门牌号；二来搞不清这些餐厅的名称——看不懂那些连写的歪歪扭扭的葡萄牙语；第三不知道这些餐厅的招牌菜——我们点菜从来只是点我们叫得出名字的，譬如牛肉、羊肉、猪肉，再就没有了。所以我感觉这样写出来的美食指南会很不靠谱，对于想品尝本格拉洛比托地区美食的人来说将毫无参考价值，因此一直迟迟没有动笔。不过好在这破地方应该也没有什么人会来旅游，所以我且随便写写，你也随便看看吧。

我们住的基地位于本格拉省首府本格拉市和洛比托市之间，两个城市隔了五六十里路，中间还夹了一个卡通贝拉市，这三个地方是我们常去的，所以我就分别介绍一下这三个地方最具代表性的餐馆以供广大吃货参考。

先说洛比托市。洛比托有一个富人区，非常著名，位于半岛上，这个半岛呈一条狭长的带状，柏油马路贯穿其中，马路两边各有一排漂亮的私家别墅，每座别墅都面临大海。半岛的尽头是一个公共的沙滩，平时会有一些巴西人、葡萄牙人在沙滩上晒日光浴。沙滩边上有一家名叫 Zulu 的露天餐厅，我没去吃过，所以我要说的并不是这家。

半岛靠大陆的一端，是本格拉铁路局，我们在设计本格拉铁路的时候常去那里开会，铁路局边上有一家自助餐厅，属于铁路局内部，有私家的海滩和海边酒吧，是我要说的三个餐厅中档次最高的。

本格拉铁路局自助餐厅，海滩边的棕榈树在微风中招摇

　　不知道这家餐厅的名称，不过一说"铁路局餐厅"大家就知道是哪儿了。门前有停车场、喷水池、苗圃，环境优雅、讲究，应该是葡萄牙人的手笔。走上一排扇形的石阶，会有黑人服务生来开门，问好。进门之后右手边是总台，左手边是个休息室，休息室内装有展示柜，上面是各种各样的黑人手工艺品，以黑木雕居多，风格粗犷、手工精致，很有异国情调。我曾趁人不备偷偷掂量过，分量很重，这才是正宗的黑木雕！之前想买几个回去留作纪念，到市场上去挑选，左右掂量，总感觉轻飘飘的不够扎实，看来多半是假货，没买是正确的。

　　再往里面走，右边是咖啡厅，左边就是自助餐厅。走廊两边挂着摄影作品，是黑白照片，看着有些历史，题材都是与铁路相关的。2013 年，本铁工程的葡萄牙人监理请我们来喝过一次咖啡，不懂品尝，只觉得味道焦苦，跟加油站便利店里卖的差不多，800 宽扎一杯（目前宽扎的汇率是 100：1 美元，800 宽扎相当于 8 美元，也就是 48 元人民币左右）。咖啡厅里也有商务套餐卖，牛排、猪排、烤鱼之类，2600 宽扎一套，没有吃过，感觉这价位不是特别划算。之所以觉得不划算，是因为自助餐的价格才 3000 宽扎一位，最近涨价到了 3500 宽扎，酒水不算。自助餐的菜色种类非常丰富，烤乳猪、烤牛排、刺身、腌肉、腊肠、培根、蔬菜沙拉、安哥拉特色的豆汁米饭、各式炖菜、汤、羹，最后还有一桌甜点与水果，而且每次的菜单都

自助餐的甜点与水果

铁路局餐厅后面的私家海滩

会有所变化，运气好的时候还有大龙虾。

这绝对是我在安哥拉吃过的西餐里面最为奢华的，放在国内也可以算得上四星标准了。

我记得 2012 年底，一年的工作即将结束，为了给我们回国践行，领导请我们项目部所有人到铁路局餐厅吃饭。大家一早过去，到海边游泳，晒太阳，中午一开席就涌进来暴饮暴食——饿了半年肚子的结果。那时正流行微博，还没有微信，大家边吃边拍，准备相互转发，结果被领导及时制止，说"艰苦创业"是我们安哥拉项目部的一贯传统，可千万不能被国内同仁看到我们"奢靡堕落"的一面。于是大家纷纷把手机收了起来继续吃东西。

我想这么多年过去，现在说说应该也无大碍了吧，况且我们"艰苦创业"的时间确实占了绝大多数，像这样"奢靡堕落"的时光，一年到头顶多也就这一次。

　　洛比托市往南十公里不到，卡通贝拉河自东向西注入大西洋，河边有座小城市，就是卡通贝拉。洛比托和卡通贝拉没有明显的分界，我们建设的铁路从洛比托出来经过这里，并且有一个车站，车站附近是个超大的集贸市场，很早之前老铁路停运，当地人就沿着铁路线一路摆地摊，人流如织，规模空前，直到铁路重新通车后，当地部门才把这个集贸市场赶到了铁路线的一边，为了安全起见，还设了防护栅栏。

卡通贝拉烤肉店

　　卡通贝拉的这家烤肉店，依旧不知道店名，只听说是一个巴西人开的，每次都是直接将车开到他们后院的停车场，从来没有走到正门去看一眼招牌。所以我们都管它叫"卡通贝拉烤肉店"。

　　卡通贝拉烤肉店是我们项目部接待贵宾的首选餐厅。人均消费不高，2000至3000宽扎，以各类烤肉驰名，干净卫生，整个餐厅设在一个大草坪上，周围摆放石桌、石凳，还有供儿童玩耍的滑梯，四周种植各种热带植物，郁郁葱葱，相映成趣。餐厅内挂有两台液晶电视，也是球迷看球的首选。唯一的缺憾就是由于露天的关系，中午吃饭会

本格拉街头的酒吧

比较热，店里在餐厅大棚的四角都装了一台大功率的电扇，但作用不大，食客们依旧吃得大汗淋漓。

　　他们家的烤肉首推烤肠，金黄酥嫩，肉质上佳，肥而不腻，搭配黄油面包，是当地人的最爱。接下来是烤牛排，美味多汁，嚼劲十足，对于我来说，最痛苦的是我的一口烂牙，每次吃完牛排牙齿都要疼上三天，但面对如此美味，实在无法抵挡，于是每次都抱着豁出性命不要的悲壮心态在吃牛排。

烤肠，牛排，扎啤，主食米饭加豆汁，这是标配。

上个月中国港湾的张总请我们到这里吃饭，带了他们项目部的两个翻译，一男一女，是一对儿，两个人葡语水平很高，可以跟服务生随意交流，他们拿着菜单噼噼啪啪点了一堆，然后跟我们说，今天比较幸运，他们店里正好有纳米比亚进口的长颈鹿和斑马，还有石板水牛肉，正好点来尝一尝。我们项目部的几个人面面相觑，一方面没想到这里竟然有长颈鹿和斑马，还是纳米比亚进口的，一想到要把这些活泼可爱的动物烤起来吃，心里又是罪恶又是兴奋。另一方面，这个餐厅我们也算是老客户了，从来不知道还有这些东西，每次来都是老三样：烤肠，烤牛肉，豆汁米饭，然后一人一杯扎啤。没文化真是硬伤。

最后再说位于本格拉的自助烤肉餐厅。这家餐厅不仅没记住名字——长长一串葡萄牙语，而且没有照片，不过由于这家餐厅消费不高，去的机会肯定还有，日后再补吧。

不知道是谁发现了这家位于小弄里的烤肉店。这家店门面不大，环境一般，没有车位，车子只能停在路边。门口一个小院子，摆着三四张圆桌和太阳伞，供客人休息吸烟。进门之后餐厅非常宽敞，陈设干净整洁，消费人群应该是工薪阶层。

这家店中午十二点开始营业，自助的菜色不多，只有一个柜子，他们最具特色的则是烤肉。在自助餐柜边上有一个专门的吧台，吧台后面是一个巨大的烤箱，上下三层，每层都架着各式各样的烤肉，在烤箱发出的嗡嗡声中缓慢地旋转，香气扑鼻，色泽诱人，让人无法抗拒。负责烤肉的是个年轻的黑小伙，动作麻利，刀法娴熟，而且略懂中文，你可以直接告诉他，牛肉、猪肉、鸡肉、羊肉，甚至五花肉他都听得懂。不过他所说的五花肉不是我们所谓的五花肉，不知道是哪位不靠

卡通贝拉烤肉店的烤香肠

纳米比亚进口的烤长颈鹿肉

谱的中国朋友教的。

　　我最爱吃他们店里的烤牛排，主要是肉质鲜嫩，强度刚刚好，适合我的烂牙。那个黑小伙儿会从烤箱里抽出一串长长的牛肉，像一柄长剑一般，放到砧板上切下一片夹到我的盘子里，然后侧着头用他语调奇特的中文问我："再来一块？"选完要吃的东西之后，将自己的盘子放到一边的电子秤上称重，按重量计价，像我这样的食量1000宽扎足矣，胃口好一些的，2000出头也就撑死了。低廉的价格，自然吸引许多当地人前来用餐，尤其是附近的白领，据说有几家公司员工的工作餐也安排在这里。

　　本格拉的饭店其实很多，我刚来安哥拉的时候，本格拉有家中国

本格拉街头的一对情侣

餐厅，老板娘听说是个福建人，穿着旗袍，热情大方，因此这家饭店是我们项目部当时的官方指定聚餐地点，去吃过两次，都是给期满回国的同事践行。然而他们家的饭菜却贵得离谱：一盘麻婆豆腐售价 12 美元，一盘饺子 15 美元，当时人民币与美元的汇率还是 8：1，所以一顿吃下来，人均消费超过 50 美元。这也是中国餐馆在安哥拉的普遍消费水平。后来听说关了，可能是因为价格太贵，只有中国人吃得起，而当地人却很少光顾。

　　总的来说安哥拉美食以烤肉为主，不及中国美食的皮毛，但有一点值得称道，就是食材新鲜，不会弄虚作假。本人肠胃出了名的差，在国内饭店吃饭，十有八九会闹肚子，然而在安哥拉却从来没有，就算一边吃烤肉，一边吃生冷蔬菜，同时还喝着冰啤酒，吃完照样没事。原先还觉得黑人手脚不干净，他们做的东西都不太敢吃，现在才发现恰恰相反，人家才是把食品的安全奉为安身立业的根本。

巴西世界杯

我在安哥拉六年的漫长岁月里，最难熬的一个是匮乏的物质生活，一个是空虚的精神生活。有人说无聊了可以看电视嘛，没错，电视是有的，但那是工程局的，放在餐厅里面只能吃饭的时候看看，如果平时要看还得问他们借餐厅的钥匙，我们跟人家虽然是兄弟单位，借个钥匙看个电视当然不是个事儿，但好歹寄人篱下，平时处处得看人家眼色行事，有时候能不去麻烦人家就尽量不去开口。有人说，那人家不也要看电视嘛，跟他们一起看不就行了？这当然也行，但是当你看到一群身体壮硕的大老爷们儿在电视机前坐成一排收看《海绵宝宝》的时候，实在是提不起兴致去加入他们。当然这也不能怪人家的品位，当时的安哥拉只能收到一个中文国际频道，这个频道会在整点播播新闻，平时播一些无聊的电视剧、动画片，多数时候则反复播着广告，但这都无法阻止人们义无反顾地坐到电视机前面。后来我才知道，对于我们这些长年身居海外的人来说，电视里面播些什么已不重要，重要的是能够听一听我们自己的母语。当你在外面跟咿咿呀呀满嘴葡萄牙语的当地人打了一天交道之后，突然电视里标准的普通话钻入你的耳膜，那种感觉真的如同一股清泉注入心间，恍惚间就像回到了自己的家中，父母妻儿环绕四周，一家人其乐融融地看着电视打发着闲暇的时光。这种感觉太美好，太短暂，让人欲罢不能，又无比惆怅。

后来随着科技的进步时代的发展，电视机慢慢在工程局里普及了起来，成为一些领导房间的标配，再后来，也就是近一两年的时间，一些有钱有门路的员工也都纷纷看上了电视，再加上众多年轻人中总有几个技术宅，通过各种途径以及不懈的实验，可以收到的电视台也越来越多，有江苏台、浙江台、东方卫视，还有很多葡萄牙、刚果的电视台。然而我们的设计项目部却在这股电视普及的浪潮中停滞不前，像一座时代洪流中闭塞的封建堡垒，对电视机这种新生事物一直保持观望的态度。直到2014年，也就是项目部成立的第八个年头，距离项目完工剩下不到一年的时间，我们项目部在领导的许可下总算是装上了电视机，虽然进步来得太晚，但依旧让人感到无限的满足。

当然这还得感谢2014年巴西世界杯，感谢罗老汉和范大将军率领的橙衣军团。

记得2014年年中，世界杯的脚步临近，空气中弥漫着节日的氛围，虽然一如既往地没我们中国队什么事，但那时闲余时间几乎所有的话题都与足球有关，而我又恰好是个足球迷，所以对世界杯的消息格外关注。但是我们项目部却没人对足球感兴趣，抗日剧和"非诚勿扰"对他们来说更有吸引力，然而迫于潮流的压力，这段时间不谈足球很容易遭人鄙视，而一旦你在公众场合发表一些稍显专业的足球知识，就立刻会引来四周惊叹、羡慕、崇敬的目光，所以在这段日子里，项目部的领导和同事时不时会来和我攀谈，譬如："小马啊，世界杯几号开幕啊？今年巴西队都有哪些球星啊？我就知道巴西有一个 C 罗，还有一个梅西。"这样的问题往往会招来其他同事的嘲笑："得得得，就你这智商，也就基本告别自行车了，我不看球的人都知道，梅西怎么可能是巴西的，梅西是皇家马德里的！"这时我会耐心地纠正他们，跟他们解说每个球星的国籍，各属于哪家足球俱乐部，然而有的人始终对于梅西既可以在阿根廷队踢球也可以在巴塞罗那踢球这件事耿耿于怀，认为我是在胡诌，对此我也是束手无策。

当然，最困扰我的并不是这些琐事，而是世界杯临近，迫切需要找个能够固定看球的地方。早在一个月前，领导就发话了，到时候会组织我们去卡通贝拉的烤肉店看球，那家店有一块巨大的投影屏幕，经常会播一些足球比赛，到时候一边品尝啤酒烤肉，一边享受足球盛宴。最后领导神秘地跟我们透露：其实他也是一个足球迷。得知这个消息我兴奋了好几天，一想到可以过上这种奢靡的生活就难以入眠，可是仔细一想，觉得这件事似乎并不十分靠谱，世界杯那么多场比赛，每场比赛都跑烤肉店去看，不用上班了？况且得花多少钱啊？想通这件事之后失落了好一阵，直到有一天，一个同事跟我说，看球的地方有着落了！工程局某某某的房间里有台电视，可以收到安哥拉当地的频道。这真是个鼓舞人心的消息，我跟那人不熟，平时见了面连眼神都没有交流的，自从那以后，每次在院子里碰见都会主动打招呼。没办法，吃人嘴软，必须为将来去蹭电视做好铺垫。

同事说其实我们可以去隔壁工程局的物流中心领一台电视机来看，只是领导脸皮薄，不愿开这个口。于是第二天，趁领导喝了点酒，大家极力怂恿他去弄台电视机，我趁机大肆宣扬我们公司董事长就是个足球迷，院长更狂热，是德国队的铁杆粉丝，当年南非世界杯的时候，公司正好在投标，我们院长白天看图纸，晚上看球赛，淘汰赛德国队4：2英格兰那场，早上七点多钟就红光满面地闯进办公室，眉飞色舞地说："火星撞地球啊！德国大战英格兰！"后来我们这条三百多公里的铁路全线中标。可见领导不看足球那都不能叫领导。我们领导听了以后若有所思，表态说会找机会去跟隔壁的领导说说。

为了再加把火，我特意制作了一张安哥拉版的世界杯赛程表，把三十二支球队的分组情况，每场比赛的对阵双方，比赛的北京时间、巴西时间、安哥拉时间全都标注上去，打印好多份，别有用心地四处张贴。不得不说，这届世界杯的观赛时间简直是为安哥拉人民量身打造，一天三场比赛，下午五点一场，晚上七点一场，十一点一场，几乎连工作都不必耽误，真是有如神助。于是我逮到机会就会给领导吹风，这样适意的看球机会，绝对是上天的恩赐，百年不遇，如果不看那真的是噶比撒阿瓜（葡萄牙语"脑子进水"的意思）。

世界杯揭幕战巴西对阵克罗地亚，我和同事早早地就跑到看球赛的房间占好了位置，比赛九点开始，刚过八点半，屋子里就人山人海，几乎没有地方下脚，我暗暗有点担心我们领导来了之后没有地方可坐。后来证明我的担心是多余的，世界杯的魅力依旧比不上"非诚勿扰"。揭幕战非常精彩，巴西队虽然星味不足，但瘦死的骆驼比马大，克罗地亚实力雄厚，中场坐拥皇马和巴萨的两大核心莫德里奇和拉基蒂奇。为了制造悬念，巴西队先进一个乌龙球，然后由队内的头牌内马尔梅开二度将比分逆转，最后奥斯卡锁定胜局，巴西队3：1有惊无险地赢下揭幕战。

第二天聊起这场比赛，领导直呼后悔，我说今晚的比赛更加不容错过，西班牙对阵荷兰，上届世界杯决赛的重演，如今的西班牙绝对是银河战舰，国际大赛三连霸，但求一败而不能，而荷兰队一直是无冕之王，攻势足球一旦打疯了那是"神挡杀神佛挡杀佛"，用我们院长的话说就是"火星撞地球"，这样的比赛要是错过，悲哀啊！当天晚上八点整，我们一屋子人都已经坐定，只等开场哨响，这时我们领导端了一杯热水笑眯眯钻了进来，工程局的领导见状立刻起来欢迎，经过一番谦让，让我们领导坐了正对电视机的主座，而我则借光坐在一边负责解说。一般来说大赛无名局，越是名气大的两支球队碰上踢得越是谨慎，场面也越是沉闷，然而巴西世界杯注定是颠覆我们人生观的一届世界杯，吊打、绝杀、逆转，每天都在上演，XT（瞎踢）战术大行其道，不起眼的小球队从死亡之组第一出线，网上有人说，老马丁看了这剧情都要自挂东南枝。比赛刚开始不久，西班牙就进了一个点球，一切按照预想的方向发展，然而比赛莫名其妙风云突变，范大将军的惊世一跃，返老还童的罗老汉戏耍西班牙后防线，穿着紫色衣服的橙衣军团连入五球逆转，看得所有人目瞪口呆。尤其是最后一个球，罗本带着球在西班牙的禁区里左闪右躲过掉所有后卫，门将卡西在地上连滚带爬的场面让领导捧腹大笑，手舞足蹈。我想这就是足球的魅力吧。

正是因为这场比赛，第二天领导就谈妥了电视机的事情。

然而有了电视机并不等于可以看世界杯了。电视机装好之后只有满屏幕的雪花，我们去咨询了工程局的几个技术宅，说是通过自制的天线可以收到安哥拉本地的电视台，然后我们又考察了其他几个人的做法：有的用木头搭了个十字架，用铁丝缠绕起来，树在房顶上，效果比较一般，画质不算清晰但基本能看；有的捡了一口大铁锅，通过铁丝跟电视连接，放到房顶上收信号，效果虽然好，但是很怕风，只要风一大，那口大锅就左右摇晃，信号就跟着时断时续。我们既没锅也没十字架，同事弄来几根硬邦邦的铁丝，把外面的绝缘塑料剥掉当作天线，慢慢地伸展到窗户外面，然后在末端卷成一个圈，当作接收信号的设备，可收到的画面如同茫茫大雪中几个晃动的人影，噪音却大得吓人。我们不断变换着接收装置的样式，把圈圈改成三角，把三角改成网状，从网状又改为立体，通过不断尝试，我们终于接受了失败的现实，晚上又乖乖的厚着脸皮跑到别人屋里去蹭球赛看。

　　领来了电视机，却看不了电视，日子在领导的叹息声中格外的难熬。我们不断尝试，但都以失败告终。终于有一天，我们在去超市买东西的时候收到了一张小广告，推销一个叫作 DSTV 的卫星电视，装了之后就可以收看一大批电视台，包含各类套餐，其中最便宜的一个月要1300 宽扎，能收二十多个电视台，还包括七八个中文频道。安哥拉人还真上道，八成是引进的中国技术，知道中国人好这口，真是师夷长技以制夷。不管这么多了，拿着小广告给领导汇报，虽然领导是一万个不愿意花钱，但总不能眼睁睁地看着电视就这样摆在那里积灰吧，而且每天去蹭人家电视看，我们这些小兵倒是没什么，领导的脸面可有点过不去。于是大笔一挥，批了半年的经费，让我们务必把这事搞定。

　　我和几个同事一起，拿着小广告开着车在本格拉市中心瞎转悠，不停问人，后来终于花钱请了一个开摩的的黑小伙儿，让他带我们找到了这家 DSTV 的公司所在地。这家公司位于本格拉的郊区，在通往机场的公路边上一座一层楼高的小别墅里，我们走进大厅，几个穿着制服的黑人站在高高的柜台后面忙碌着，不少当地人规规矩矩地在柜台前排着队，有的拿着单子，看样子是要开通业务；有的拿着机顶盒来申请维修。大厅里的一边挂着一个硕大的液晶电视，里面正好在播西班牙对阵智利的比赛，西班牙 0 : 2 遭遇两连败，上届冠军就这样两

浇筑天线杆

调试信号锅

铺设电线

场比赛净吞七弹，耻辱出局，几个在看比赛的黑人一边摇头一边说："虚班酿，噶撒。"就是西班牙语"回家"的意思，加上前几天安哥拉曾经的宗主国葡萄牙队遭遇德国队4：0屠杀，这对热爱足球的安哥拉人民无疑是一个沉重的打击。我们一边指着小广告一边用烂到极点的葡萄牙语和工作人员进行了简短的交流，他们很快明白了我们的来意，然后让我们填了一堆表格，到对面银行交了费后，给了我们一堆设备。我们把这些设备运回家，发现有铁架、卫星锅、机顶盒，还有零零碎碎的一堆螺丝螺帽。我们请来工程局的朋友，一起琢磨了半天终于弄明白了怎么安装。借来铁铲，挑了一个空旷的地方挖了个洞，把铁杆种进去，用水泥封上，然后把卫星锅装上，连上机顶盒，插上充值卡，不断地调试信号，终于，清晰的画面和主持人洪亮的声音像婴儿清脆的啼哭声传入我们耳中。那一瞬间，所有人都喜极而泣，奔走相告，整整八年，抗战都胜利了，我们项目部终于看上了电视！这绝对是具有历史意义的一天。

这清晰的画面立刻把那些自制天线的电视秒成了渣，办公室的门口络绎不绝地来人，我们会热情地招呼他们进来小坐，炫耀一下这堪比国内数字电视的清晰画质。我把所有电视台翻了一遍，做了一张节目单贴到墙上，哪个频道对应的哪个电视台，有中央一台、中央四台、东方卫视、江苏卫视、湖南卫视等七八个中文频道，然后还有二十多个国外的电视台。其中有两个体育频道，一个欧洲体育，全天播放世界杯，英语解说虽然听不懂但非常纯正，另一个估计是非洲体育，整天播一些非洲足球比赛，还经常播埃塞俄比亚女足联赛，还有两个安哥拉的当地台，也是轮流播世界杯，葡萄牙2：2打平美国队的那场比赛，几个主持人就跟死了爹一样，因为这个比分意味着葡萄牙想要出线就只剩下了理论上的可能。

电视开通的当天晚上，我们备好零食，买来一箱 CUCA 啤酒，广撒英雄帖，大宴天下球迷。比赛还没开始领导就端了个茶杯去喊司机老倪一起来看，老倪一辈子不看球，面对领导的邀请当然严词拒绝。领导乐呵呵地说："不看世界杯终身遗憾啊！哎呀！荷兰队打西班牙

终于收到了清晰的电视信号

那场球，啧啧啧，太精彩了，没看绝对是终身遗憾！"老倪一脸不屑地说："遗憾就遗憾，这辈子遗憾的事情多了！"后来我们在看球的时候，老倪突然闯了进来，当时意大利正陷入哥斯达黎加的 XT 战术中不能自拔，两队僵持不下，比分还是零比零。老倪一看乐了，说："你看你看，有啥好看的，搞了半天踢不进一个！"领导一本正经地说："这你就不懂了，很多精彩的比赛都是没有进球的！"边说边打起了哈欠。老倪笑着说："没有进球有啥好看的？真搞不懂。"说完哼着小曲回去房间看电视剧了。后来这场比赛哥斯达黎加一个名不见经传的小球员打进致胜一球，意大利的球星大佬们垂头丧气地站在阳光炽热的球赛上，眼神迷茫而失望，似乎在说：什么情况？进球那人谁啊？我们都能输？开玩笑吧？能读档吗？

这届世界杯的迷人之处就在于你永远也不知道接下来会发生什么，就像你永远无法猜到弹丸小国哥斯达黎加能够从死亡之组小组以第一

出线，而意大利、英格兰则成为刀下鬼，你也无法猜到小组赛险平加纳的德国队可以 7∶1 狂屠巴西，无法猜到梅西距离球王的宝座是如此之近却又那样遥不可及。当然，这届世界杯对于我来说，最迷人之处就在于，所有的 64 场比赛中，除了尼日利亚对波黑、波黑对伊朗这两场比赛觉得没意思没看之外，我看全了其余所有的比赛，而且，最关键的是看这些比赛都用不着熬夜。我想这样的机会也许以后不会再有了。2014 年底，随着本格拉铁路的通车，我们项目部完成了历史使命，也随之解散，我第六次告别安哥拉踏上归国的旅途，这一次，我想应该是永别了吧……

失败的小生意

2012 年，我跟同事合伙进行了一次"走私活动"。在出发到安哥拉前，我们花了一千块钱从淘宝上买了五个价格低廉的山寨手机，准备带到安哥拉贩卖。为了保证销路，满足不同层次消费者的需求，我还特意挑选了五种不同款式、不同风格、不同品牌的手机。临上飞机前，偷偷塞到其他几个同事的行李包中，以防被海关搜出来。成功抵达安哥拉后，这种赚取不义之财的兴奋感和罪恶感让人寝食难安，我说："咱们少说也得翻个一番卖掉！"而同事则更加贪婪，说："真没出息，我们这是走私，不是批发零售，至少要卖 1000 美元！"

可没想到如意算盘很快就落空了。

我们瞒着领导，兴致勃勃跑到本格拉郊区的小市场上叫卖，诺基亚的老人机标价 10000 宽扎，黑莓手机标价 20000 宽扎，最新款的诺基亚 LUMIA 标价 30000 宽扎，最最拉风的双卡双待超大音响的 iPhone4s 标价 50000 宽扎（需要说明的是当时 2011 年，iPhone4s 还未推出，我国的山寨版就已经率先面世了）。结果看的人不少，买的人

库巴尔的集贸市场

却没有。有一个黑人士兵对新款的诺基亚很感兴趣，但是觉得太贵，
于是我们讨价还价，以10000宽扎的价格成交，结果他把手机卡插进
去之后怎么都收不到信号，我跟同事一起鼓捣半天，终于也放弃了。
于是唯一的一笔生意宣告破产。

　　同事说："这地方太穷，我们到本格拉市中心去！"没错，这地
方黑人的消费水平怎么负担得起这类高端产品呢？于是我们立刻转场，
开车跑到本格拉的回形小黄楼，也就是本格拉市最繁华的商业区。我

们一下车就傻了眼，到处是贩卖手机的小商小贩，竞争异常激烈。我们刚把手机晒出来，就有个黑人过来，戴个墨镜，穿一身西服，身上挂着各种各样的手机，问我们的手机怎么卖，价格合适他就全收了。我们反问他身上的手机都是什么价格，他给我们介绍这个2000宽扎，那个3000宽扎。我们一听，立刻收拾东西走人。

如今这五个手机中有两个还躺在我的抽屉里，怎么都没法开机，其中就包括双卡双待的iPhone4s，还有两个我跟我同事一人一台自产自销，唯一卖掉的是一个翻盖的三星手机，卖了1500宽扎，折合人民币90元。

倒是我同事给工程局的一个朋友带了一台平板电脑，那时平板电脑刚刚兴起，安哥拉还没多少人见过这种东西，结果给一个黑人看见，那个黑人缠着要买，出价1000美元，但那工程局的朋友却不卖，卖了他自己就没得用了。我同事黑着脸说："都怪你傻不拉叽的买了这种垃圾手机，现在这种低端货已经没人要了，人家安哥拉人现在走高端路线了，你看这平板电脑，国内我花了3000块钱给他带的，卖一个就净赚3000块钱，比卖手机有前途多了！"

这桩买卖在经济上和心理上给予了我们沉重的打击，事后我们做了认真的总结，我跟同事一致认为，对于安哥拉电子产品市场的错误估计，以及对于国产山寨手机的过分信赖，是导致我们生意失败的最大原因。我们万万没想到安哥拉手机市场竟然如此饱和，短短的几年时间就从资源稀缺进入到市场泛滥的地步。记得2008年我们刚来的时候，手机对于安哥拉人来说还是一种奢侈品，随便的一部手机都可以卖到两三万宽扎，如果样式新潮一点，和弦多一点，那就更加抢手了。当时非常好卖的还有mp3，黑人喜欢听音乐，对音乐十分狂热。给我们打杂的黑小伙，一个月工资 300 美元，工资一到手从来不拿去补贴家用，首先就是买了个 mp3，然后隔三岔五地跑到我这里来拷贝歌曲，他会从市场上租来各种各样的音乐 CD，让我帮忙把歌拷到他的 mp3 里，我听了一下，全都是咿咿呀呀的说唱，机械狂躁，千篇一律，一个调调，听了让人心神不宁，我跟他说："安哥拉的穆西卡，闹达蹦。"就是安哥拉的音乐难听的意思，然后我给他放中国的音乐，他听了反而说"虚那穆西卡，闹达蹦！"意思是中国的音乐才难听。我一气之下告诉他我电脑光驱坏了，都是他的破 CD 害的，以后别再来烦我了。后来随着手机携带音乐功能，mp3 迅速消亡了，只有少数的车载 mp3 还有点销路。

卢奥的跳蚤市场

2009 年在卢埃纳的时候，为了抢在年底前完成本格拉铁路全线的设计工作，公司派遣了规模庞大的勘测队伍，那时候人丁兴旺，人员流动频繁，每当有人回国，就会把不需要的东西进行清仓处理，好的坏的全都放到市场上卖，衣服、裤子、鞋子、箱子、茶杯、剃须刀、手表，都非常受欢迎。我们公司派遣出国的人员基本都是大老爷们儿，唯有一个女领导，有一次她回国，把她的衣服拿到市场上叫卖，遭到了当地妇女的哄抢。我们测量工班有一个同事，我们喊他"炮哥"，极具商业才能，而且熟练掌握各种商业用语，能够铿锵有力地使用葡萄牙语跟黑人讨价还价。炮哥曾经把六神花露水当作中国香水卖给了当地妇女。还有一次在转场的途中，我们的车跟一辆黑人运兵车擦肩而过，就在两辆车交会的时间里，炮哥成功卖掉了一台手机。他还帮同事卖掉无数台笔记本电脑，而且都价格不菲，堪称神操作。后来他偷偷跟我透露了其中奥妙，他说只要往电脑里拷贝一些精彩的电影，这电脑就会非常抢手。炮哥卖东西卖上了瘾，成了职业习惯，看见什么都想卖。他发现我有一个备用手机，这是出国前我爸妈花了九百块钱给我买的，以防我现在这个手机坏了没手机用。第二天他还没征得我同意就领了一个黑人到我办公室来，说价钱已经谈好了，一万宽扎，叫我给他看看货吧。我说炮哥，一万宽扎我还亏了！他一拍脑袋说，完了，一世英名就这么毁了。

安哥拉的市场经济在短短的几年之内就由封建时代跳跃到了信息时代，我们一致认为这都是中国人干的好事。安哥拉自从 2002 年结束长达三十年的内战后，就开始了大规模的战后重建工作，基础设施的建设是放在首位的。公路、铁路、建筑、港口，巴西人的慢工出细活无法满足安哥拉"大跃进"的需要，于是在这方面经验丰富的中国人来了。英国 BBC 前几年拍摄过一个纪录片，题目是《中国人来了》，讲述中国企业如何进入第三世界国家的市场，西方人对此感到无比担忧，他们害怕中国人对这些第三世界国家通过经济和文化上的"入侵"来达到控制和掠夺的目的。其实他们想多了，至少从安哥拉的现状来看，无数的中资企业，数十万的中国劳务涌入安哥拉市场，在给安哥拉建设了大量基础设施，拉动了内需的同时，我们带来了五千年文明古国的技术、文化、勤劳和智慧，同时也带来了胆小、奸诈、吹嘘拍马、弄虚作假，我们把中华民族的精华与糟粕一览无遗地展示给了非洲人民，而他们则毫不客气的照单全收。

早先时候我们都特别喜爱买安哥拉的东西，尤其是酒、黑木雕，还有人会冒着被海关扣留的危险携带象牙制品。每次回国的时候大家都愿意去罗安达的工艺品市场上淘一点工艺品回去。可是短短几年内，那个曾经生意火爆的工艺品市场已经很少有人问津了，那些各式各样的木雕象牙，多数是假冒伪劣产品，有的用象骨粉压制而成，那还算不错的，更多的是用牛骨粉、猪骨粉做的，如果你不让熟人带你去买，那无异于砧板上的肉任人宰割。黑木雕也是重灾区，自从中国人蜂拥而至以后，我们就不敢轻易购买黑木雕了，毫不夸张地说，中国人对于木材的研究领先非洲人至少一千年，想仿造出逼真的黑木雕简直就是小儿科。

总之，想买到正宗的非洲手工艺品并不是一件容易的事情，毫无疑问，这又是中国人干的好事。

罗安达的房地产

关于安哥拉的生活，在朋友们询问我的诸多问题中，被问到频率相对来说比较高的一个问题是：安哥拉那边的物价怎么样。当我跟他

俯瞰安哥拉的首都罗安达市

说安哥拉的首都罗安达是世界上消费水平最高的城市时，对方总是毫无例外地惊叫起来，或者像见到耶稣复活一样张大了嘴巴。作为叙述人，我当然很享受这种意料之中的反应，然后我会如同炫富一般不厌其烦地列举我在安哥拉的生活成本：大蒜 3 美元一个，橙子 5 美元一个，麻婆豆腐 20 美元一盘。总之，在那边美元就只能当作人民币花。罗安达作为世界上消费水平最高的城市并不是以讹传讹，这是由一个世界上最大的人力资源管理咨询机构——美国美世人力资源咨询公司公布的一项全球城市生活消费成本调查的结论。在 2010 年时，安哥拉首都罗安达荣登榜首，排在后面的依次是日本东京、乍得的恩贾梅纳、俄罗斯首都莫斯科。也许有人会问，这座世界上生活成本最高的城市，他的房价是怎样的呢？听安哥拉的律师说，当地的房产情况非常复杂，大多数房产的产权都纠葛不清，如果要购买或者租赁，非常容易卷入纠纷，而且安哥拉没有房产中介这个行当，如果要了解房屋的租赁情况，还得挨个到小区的物业去了解。也真是机缘巧合，由于工作需要，我曾对罗安达别墅市场做过一个不是很全面的调查，对于有志炒作安哥拉房地产的朋友可能没多大商业上的参考价值，但是对于实在闲得无聊的朋友，就当随我逛一逛罗安达的大街小巷，了解一下这个全球物价水平最高的城市。

由于我们公司计划在安哥拉开设分公司，当务之急就是租个房子当作办公场所，同时也能满足生活上的需要。于是公司派我和其他两个同事，花了几乎两天的时间，对罗安达成品别墅的租赁市场做了一个调查，在这里，我挑选了三个比较有代表性的别墅进行描述。

首先要说的这个别墅是我们考察下来最为满意的一个，面积大，性价比高，设施齐全，安全也有保障。这个别墅区名叫石油小区，当

石油小区别墅的正面

地人称之为噶休（Caju），它的大名对于熟悉罗安达的人来说一定不会陌生，这是由安哥拉最大的石油公司出资建造的，位于罗安达南部沿海的塔拉道纳区。整个小区占地面积巨大，呈一个蝴蝶结的形状，从滨海大道桑巴大街拐进去，不到一公里的路程就可以到达这里。

说实话，在罗安达这个充斥着抢劫枪杀的罪恶之城里找房子，价格、品质什么的都属次要，人身安全才是头等大事，而石油小区对于安全的保障可以说做得非常到位：小区四周是高大坚固的围墙，门口站着一排荷枪实弹的保安，任何外来人员和车辆都不允许入内，可谓戒备森严。翻译告诉我们正是因为得力的安保措施，才吸引了很多家中国企业入驻，有新疆特变、江苏水电，还有很多中字头的企业。后来我们另外一个院领导过来考察，想带他进去参观一下，这一次没有了翻译的带队，保安说什么也不让我们进了。

进入小区的大门，迎面就是一家 KERO 超市，这是一家安哥拉的连锁超市，老板是韩国人，在本格拉也有他的分店，里面的东西品质

游泳池和边上的派对专用房屋

不错，在我们眼中比 ShopRite 和 Max 都要高档。小区里有超市，光凭这一点就足以秒杀其他小区。

我们由保安领着，沿着小区十米宽的主干道往右手边走，走不多久再向右边上一个斜坡，就到了这座正在出租的别墅门口。我们一行看房团在门口等了几分钟，三个葡萄牙人开着一辆丰田轿车赶了过来，一个大腹便便留着一撮山羊胡子的葡萄牙人拿出一大串钥匙，带着我们一边参观一边讲解。这座别墅是典型的葡萄牙风格，有一座两层楼高的主楼，一层楼有三个大间：一个客厅、一个厨房、一个餐厅；楼上还有三个大套间、两个小房间。地面是高档的进口瓷砖，花纹典雅考究。穿过大门车库两用的前屋，是一座一层高的副楼，有三个小卧室和一个大厨房，估计是佣人住的房间。穿过两座楼之间的长廊，视野豁然开朗，一个敞亮的院子映入眼帘，中间是一个长方形的游泳池，足有 25 米长，这样的配置在整个小区里面也属豪华。泳池的一边是一座专门用来开派对的房子，里面有三个带卫生间的淋浴间、一个杂物间、一个大餐厅，边上是一个棚子，专门用来烧烤。

我们几个人看了之后都十分满意，问了下价格，一个月 1.8 万美元的租金，对比周边其他小区，这样的价位，这样奢华的配置，简直就是良心白菜价。那天回去之后我们怀揣着激动的心情向领导隆重推荐，但遭到了领导果断的否决：让你们到安哥拉是来工作的还是享受的？

后来我们得知领导心里的底价大概在月租金 2000 美元左右，所以这 1.8 万美元的价格实在没有任何商量的余地。但其实对比其他小区的别墅来说，这样的价格真算是便宜的。那天我们参观过的小区当中价格最高的要数一个叫皇家帕拉伊苏（Paraiso Real）的小区，光听这名字就感觉像是某个欧洲皇室的后花园，月租金高达 2.6 万美元，同时还可以出售，价格在 250 万美元左右。

皇家帕拉伊苏距石油小区不远，开车大概十来分钟的路程。小区门口有个售楼中心，里面有一位中国小妹做大堂经理，讲着一口流利的葡萄牙语，我们就让她带着我们四处参观。这个小区的别墅有着典型的欧式风格，小区面对的是安哥拉的上流社会人士，基本以出售为主，只有一套样板别墅可以出租。这座样板别墅有三层楼高，院子里有一个小型的游泳池，

皇家帕拉伊苏小区的样板别墅

别墅一楼有一个大餐厅和一个小餐厅，装修豪华的客厅，厨房，佣人的卧室，还有一个带两个车位的车库；楼上有书房、卧室、小会客厅，还有大小露台。我们粗略数了一下，这个别墅有4厅9房9卫，还有3个露台、2个仓库、1个厨房。完全能够满足一大家子祖孙三代居住。一方面由于这个别墅租金太高，而且不太适合于办公，最关键的是我们身上的民工气息完全配不上这里的贵族气质，因此我们转了一圈之后也就低调而迅速地离开了。

接下来再隆重介绍一家土豪的别墅，当然这也许比不上前面介绍的皇家帕拉伊苏，但这是我们两天考察下来唯一一幢有人居住的别墅，也许这对于大家猎奇安哥拉有钱人的生活状态是一个不错的参考。

这个别墅区名叫斯塔图斯（Status），同样也位于罗安达的塔拉道纳区，坐落于著名的高档商场Belas Shopping对面，这位置相当于上海国金的隔壁。把我们带来这里的是一个西装革履的当地小伙儿，他是我们在看上一家别墅区的时候认识的，当时我们一行人被门口的保安拦住了，这个机灵的小伙儿不知从哪里冒了出来，了解了我们的意图之后，三言两语就把保安搞定了。后来我们发现这个小伙儿不仅机灵，而且还掌握了不少房源，很有做房产中介的潜质，于是我们先给了他一罐可乐作为酬劳，并且许诺如果他介绍的别墅最终被我们租下了，可以给他一笔不菲的中介费。一听到钱，这个家伙立刻兴奋了起来，两眼放光地打电话询问，最终替我们联系到了这座别墅的主人。

这个别墅区占地面积不大，小区内只有一条纵贯的车道，两边一共十来套别墅。小区绿化很好，路旁种满了植物，有高大的棕榈树，巨大的面包树，还有一些低矮的不知名的植物。这座正在出租的别墅三层楼高，主人是一个身材魁梧穿着休闲的老黑，看这气派很像美国

别墅内景

电影里面长着一副嚣张嘴脸而往往最后死得特别惨的黑社会老大。他把我们领进院子，院子一边竖着三个大棚，分别停着一辆宝马，一辆奔驰，一辆丰田越野，院子的另一边是一个游泳池，边上放着一排躺椅。我们一行人怀着钦羡的心情欣赏着豪车和泳池，当我们走进他家时，立刻又被他家装修豪华的客厅震撼了：宽阔的大厅、一尘不染的瓷砖、考究的装饰、传统非洲风格的摆件、大盆的绿植、豪华的家电、厚厚的地毯，这样的豪宅放在国内也是首屈一指的。

沿着螺旋式楼梯来到二楼，是卧室层，有一个主卧和一个次卧，主卧里设有一个专门的皮鞋间，满满一个房间各式各样的高档皮鞋，看来男主人对于皮鞋非常讲究。里面是两个儿童间，儿童房间里面分别有两张小床，看来这个土豪应该有四个小孩。来到三楼，是一个空置的房间，外面是超大的露台，可以俯瞰整个小区。主楼的边上是一座三层楼高的副楼，这座副楼的一、二层全是空置的房间，三楼整整一层就是一个设施齐全的健身房，里面有跑步机、划船器、综合健身机，还有一些我没见过的健身器材。

我粗略统计了一下，这套别墅竟然有 22 个房间之多，足够住下一支小型部队，而租金只有每月 2.5 万美元，如此豪华的装修、众多的房间，相较于其他别墅来说可谓性价比之王。据那个小伙子的说辞，这个土豪有好几套房产，他住腻了这套别墅，想搬去市中心的别墅居住，但又舍不得出售，于是才想把这套房子出租出去。我们听了心里暗暗吃惊，安哥拉虽然穷，但是有钱人的实力也是不容小觑。

象牙市场的没落

　　只要是去过安哥拉的人，没有不知道象牙市场的大名的。

　　全世界都知道，中国人有个显著的特征，就是喜欢购物，尤其是出国的时候，如果不买堆东西回去，那出国就失去了意义。不知道有没有人做过这样的调查，统计一个中国人在出国的时候最喜欢购买的物品榜单，这绝对会是一件既有意义又充满趣味的事情，有几样东西我觉得不用调查就应该会毫无悬念的杀入这个榜单，如名牌包包、烟、酒、手表、化妆品、手工艺品。几乎每个人都会问我，安哥拉那边有啥好带的，有啥特产。我说，有啊，石油。这时，朋友就会一脸不高兴的说，跟你说正经的呢。我心想我还是尽量不要暴露安哥拉有象牙、黑木雕、钻石这些东西，并不是出于对安哥拉生态环境的保护，而是我知道一旦说了，对方一定会说：给我带点呗。中国人对于象牙、黑木雕这类东西几乎没有任何抵抗力，尤其是象牙，属于违禁品，你越是违禁我越是想要，因为违禁就意味着高风险，高风险就意味着高利润，也意味着这东西越稀有，可不是一般人能拥有的，有钱还买不着呢，能不牛吗？能不想要吗？所以，虽然我不怎么懂行，但要是不说说象牙，恐怕很多人不会善罢甘休。

安哥拉象牙市场位于首都罗安达风光旖旎的海边，沿着著名的桑巴大道一直往南，进入本菲卡区后，在接近外环高速的地方，会有一大片黑压压的草棚，里面人流如织——基本上都是中国人——车水马龙，到处都是兜售商品的小贩，有卖电话卡、卖面包水果纯净水的，还有卖汽油、卖电蚊拍的，总之身上挂满了东西。门口有一片空地可以停车，一旦你把车停下来，小贩们就会蜂拥而至，因为他们知道有钱的中国人又来买象牙了。

其实这个市场并不是象牙专卖，应该说是一个综合的艺术品市场，只不过由于中国人对象牙情有独钟，所以这里就被命名为象牙市场。

这个市场非常大，估计有上千平方米，总体来说市场划分为三大区域。第一个区域是卖画的，占据着市场的东北部以及市场外大片的空地，因为有的画作非常大幅，需要大面积的展示空间，所以老板们就把他们的摊位延伸到了外面的空地上，整个空地被密密麻麻五颜六色的画作填满，这些不知名的安哥拉艺术家的作品，造型

象牙市场内的绘画区

非洲画线条粗犷、色彩浓烈

独特，线条粗犷，色彩浓烈，有着浓郁的非洲风情。这里面有油画、水彩画、沙画，其中沙画是最具特色的，也是价格最为昂贵的，一张 A2 大小的沙画目前的价格估计在 200 美元左右。我没有了解过沙画的制作工艺，给人感觉就是在画面上用胶水粘了一层沙子上去，由于沙粒中富含石英，在阳光的照射下就会闪闪发亮，光彩夺目。有一年回国之前大家去逛象牙市场，其他所有人都在买象牙，就我胆子小不敢买，又嫌沙画太贵，就花了两百美元买了两幅油画带回去。买象牙的同事在海关瞒天过海之后现在都发达了，而我的两幅油画由于保存不当，在书架上卷了两年之后最终碎成了粉末。现在想来真是印证了一个道理：撑死胆大的，饿死胆小的。甚以为恨。

集中在象牙市场南部区域的是卖木雕制品的，也会掺杂着一些卖当地民族服饰的摊位。这些摊位的生意往往是最差的，经常会看见一些肥胖的老年妇女面无表情地躺在椅子上，盯着路上的车来车往，麻木地扇着扇子。对于中国人来说，黑木雕的受欢迎程度仅次于象牙制品，这跟几千年来中国人对木制工艺品的情有独钟不无关系。我在其他几篇散文中也不同程度写到过黑木雕，这是一种特产于非洲的独特木材，这种植物生长极其缓慢，外表平平无奇，但要是把它砍断，就能清楚地发现表皮里面包着一层黑色的内芯，跟铅笔里面裹着铅笔芯似的。这黑色的部分，材质细密，坚硬如铁，入水之后迅速沉底，这就是非洲著名的黑木。市场上很难买到真正的黑木，当地人会把一些普通的木头涂上黑油漆拿出来以次充好，这点小伎俩对于中国人来说简直太小儿科，用手一掂量就知道真伪。然而还有一种木材叫卡宾达木，质地不如黑木但也非常沉重，被漆成黑色以后几乎无法辨认出来，这种木材也比较昂贵，有的信誉良好的商家会告诉你，哪些是卡宾达木，哪些是黑木，而有的商家则会说：嘟嘟黑木（葡萄牙语加中文模式：都是黑木）。对于这种显而易见的谎言，由于语言不通，我们也不屑去拆穿，轻蔑地呵呵即可。

象牙市场堆积成山的木质面具

捂着耳朵的小人——安哥拉木雕的经典造型之一

琳琅满目的象牙制品

在本格拉我们常去光顾一家黑木作坊，会有两个年轻人在店里徒手雕刻木头，这木头不是黑色，显然是卡宾达木，两个黑人的手艺也粗糙得很，但是价格卖得特别贵，不比象牙市场的便宜，一个火柴盒大小的小木雕都要卖到五六十美元，我们领导看中的一个脑袋大小的非洲犀牛木雕，八百美元，最后还是没买，一方面是舍不得，另一方面是难辨真伪。说到正宗的黑木雕，去本格拉铁路局开会的时候他们会议室里有一个大的摆件，通体乌黑透亮，我们在得到铁路局长的许可后掂过一下，沉得跟铅似的，大家啧啧称奇，说这才是绝对正宗的黑木雕。想个办法给它偷回国去。

集中在象牙市场中间核心区域的自然是象牙制品。虽然说安哥拉在非洲不属于象牙大国——真正的象牙大国是象牙海岸科特迪瓦——但这并不妨碍安哥拉象牙市场的兴旺，而真正属于安哥拉象牙市场的黄金岁月，则要追溯到 2007 年左右两三年的短暂时光。那时候市场里的商人善良而淳朴，商品种类不多，镯子、项链、挂坠是主流样式，还有一些小型的

象牙手镯和项链

摆件，你可以用非常低廉的价格买到大量正宗的象牙制品。我在 2008
年前往非洲的时候，正好与一批同事交接班，他们回国之际，扔给我
五六个象牙手镯，说这些镯子买来十多美元一个，他怕一次性带太多，
被海关没收，这几个就让我负责回国的时候帮他带回去，到时万一被
没收也就算了，反正便宜，不心疼。那时候我没事也把玩这些象牙制品，
质地光洁而厚实，但不是光得发亮，是一种天然朦胧的奶油般的光泽，
还可以看出淡淡的渔网般纹理，懂行的人说，这纹理就是辨认真假象
牙的关键。

没错，只要有中国人的地方就会有假货，尤其是对于象牙这种高
利润的商品。2008 年以后，象牙制品的价格一路上涨，一个普普通通
的镯子可以卖到 100 美元，如果这镯子稍微大点，还有点雕刻，那就
要 200 美元了。如此高额的利润，一旦被敏锐的中国人觉察，假货也
就立刻充斥了整个象牙市场。善良淳朴的当地人在第一次面对狡诈而
富有商业头脑的中国人时就跟小学生一样，而中国人则手把手地将造
假的技艺倾囊相授。一开始，他们会利用制作象牙制品时留下来的边
角料碾制成粉，用象牙粉合成为象牙制品，这种制品与天然的象牙相

似度极高，极难辨认，只有通过光泽和纹理才能够分辨真伪，天然象牙的色泽如同奶油般厚重，而人工象牙则会有一种不自然的惨白。在纹理方面，低劣的人工象牙是光洁而没有纹理的，但是有的造假高手就连纹理也可以制作，如果你不熟悉天然纹理和人造纹理之间的区别，就只有任人宰割的份了。到后来，就算是象骨粉制作的象牙也供不应求，造假者的胆子也就越来越大，什么鱼骨粉、猪骨粉都拿来用，简直令人发指。当然这样的假货也更加容易辨认，你只要把它举起来在灯光下一照就可以发现这种材质跟塑料一样可以透光，而在一些连接部位则是黑色的不易透光，一节一节，十分明显，它的质地和重量也跟天然象牙差距明显。

可是就算这样，我也被骗过一次。

大概是2011年或者2012年光景，我受人之托带一个象牙镯子回去。到了象牙市场之后，那里已经不复当年，门庭冷落车马稀，只有两三个中国人在里面闲逛。商贩们经过多年的锻炼早已操着一口熟练而地道的普通话，你可以全程用中文在这里跟他们无障碍的交流，市场内象牙工艺品的种类多了起来，很多都是明显针对中国人的喜好，例如象牙筷子、梳子、象棋、十二生肖，如果不告诉你这是哪里，你

象牙市场的商贩

恐怕会以为是来到了中国某个景区的纪念品市场。

一接近摊位，黑人商贩们会非常热情地挽着你的胳膊对你说："嘿，兄弟，来看看来看看，都是象牙，绝对正宗。"一旦停下来拿起什么端详，他们就会兴致勃勃地说："带一个！带一个！"我问他多少钱，老板会一脸真诚地用汉语说："200美元。"我说太贵了。他说："你说多少？"我说100美元。他说："NONONO！100美元不是兄弟，180美元就是兄弟。"我心想谁跟你是兄弟，但嘴上不说，说不定他能听懂，于是我就摆摆手走开了。然而他并不罢休，一直尾随我逛下去，看准时机他会冲上来掏出我看中的镯子跟我谈价钱，我对黑人的长相一直处于脸盲状态，要不是认识他手中的镯子我根本认不出谁是谁。我干脆跟他说："你的象牙我不喜欢，我不买。"他不依不饶地说："再看看，再看看。"这时边上一个穿着花衬衫的健壮的老黑把我拉过去说："不要买他家的象牙，全是假的，我带你去买真的，嘟嘟真的，象牙，哒蹦。"我就被他拽到他的摊位上，这些摊位全都大同小异，估计是从同一个地方进的货，他捡起一根细细的镯子说："100美元，给你，真的，象牙，哒蹦？"我一看那么细，捡起旁边一副粗的问他多少钱，他开价200美元。我拿着那根细的看了又看，试着学用别人传授的方法检验真假，但草棚里光线昏暗，而且人声嘈杂，摊位老板不停地在我耳边叨叨，周围则围了一圈黑压压白眼珠的老黑盯着你看，什么质地纹理色泽，我脑子里唯一的想法就是立刻离开这个鬼地方。我放下镯子摆摆手离开，走出很远，那个老板又追上来说："80美元！拿走拿走。"我想赶紧买了交差，于是就花了80美元买下了这根象牙手镯。当然，回去给我同事一看，不出五秒就认定这手镯是假的，而且是用猪骨粉做的。

这是我唯一一次在安哥拉买象牙的经历。

有朋友经常会问我,为什么不自己带点象牙。我说一来贵,二来难辨真假,还有就是带回去的途中麻烦事多。带出安哥拉问题不大,但总是遭人刁难,有人算过,从入机场到登机,要过五道关卡,每道关卡的目的就是敲诈钱财,如果我行李里什么违禁品都没有,我倒是可以理直气壮地跟他们斗到底,如果我带了个象牙在里面,做贼心虚,这小费一路打点过去也不是一笔小数目。出了安哥拉还不算,回国入关的时候,一旦被海关查出来,没收算是客气的了,不铐起来就谢天谢地了。2008 年,我们一批同事回国,正好撞上北京奥运会,所有安检升级,结果他们身上上千美元的象牙全部被没收,损失极其惨重。

前不久安哥拉回来一个同事,跟他聊起安哥拉的象牙市场,他叹了一口气说,哎呀呀马工啊,你不知道象牙市场现在不行了,没有象牙了,就只有木雕和沙画了。我问他是怎么回事。他说现在安哥拉政府开始打击象牙生意了,说是要保护大象,象牙现在在安哥拉也是违禁品了!我问,那通过别的渠道是不是还是能买到呢。同事摆摆手说,就算买到了也带不回国了,前一阵子两个人回国,在机场被查出来象牙,当场就扣住了,护照没收,第二天才放出来,都没走成,这么一搞谁还敢带象牙!看来安哥拉政府是动真格的了!

不到十年时间,安哥拉的象牙市场从兴起到消亡,如今终于走到了尽头。对于很多痴迷于象牙制品的中国人来说这绝对是一个噩耗,但对于我来说,竟然恨不得他早十年就关了,倒不是因为我是个环保主义者,也不是因为我在那里被人坑过,我仅仅是讨厌那一群中国人教出来的油嘴滑舌、奸诈贪婪的黑人贩子。如果有机会再去,我宁愿买一副沙画带回家好好装裱,挂在客厅里欣赏,再不让它风干成粉末了。

说说我们的本格拉铁路

有人已经发现，我的散文有着固定的套路：先是我的朋友们好奇地提问，然后是我睿智地回答，接下来是我啰啰唆唆对自己回答的解释。没错，被你看穿了，但这不能赖我，关键是朋友们对于非洲太过好奇，每次聚会几乎都能成为朋友们提问的焦点人物，这让我既享受又苦恼，同样的问题问上一次两次解答起来还挺有新鲜感，问多了就有点不耐烦了，所以这也是我写作这本书的初衷，下次有人再问我问题，我会语重心长地跟他说：年轻人，买本我的书看看吧，书里会有你想要的答案。废话先说到这里，言归正传，这一次我的朋友们的提问是：你去非洲那边干什么？这应该是几乎所有第一次碰面的朋友会关心的问题。我也十分严肃地回答：去非洲修铁路，当然，并不是亲自动手修，我所从事的是铁路的勘察设计工作。然后很多朋友就会立刻追问：是我们国家的援建项目吧。在大多数人的思维里，非洲那么穷的地方哪有钱修铁路。其实并不是，这项目是人家政府真金白银掏钱请我们修的，用比较专业的商务用语说，这是一个现汇项目——虽然这钱大多数应

铁路边上的集贸市场（车厢上的 CFB 是本格拉铁路局的缩写）

该是把石油卖到中国赚来的。去年，也就是 2015 年，这条铁路小小火了一把，在 2 月 14 日西方情人节这天，本格拉铁路全线通车，来自安哥拉、赞比亚和刚果（金）的三国元首齐聚卢奥——安刚边境的小镇，也是本格拉铁路的终点站——参加通车典礼。这吸引了全非洲媒体的目光，连央视也在新闻联播里对通车典礼进行了报道，收获了很多高帽子：坦赞铁路之后中国在海外修建的最长的铁路，"走出去"战略里程碑式的胜利，"一带一路"的重要组成部分。我们倾注了八年心血的工程胜利竣工，所以我就在这里专门说一说这条承载了我的青春的非洲铁路。

关于本格拉铁路，那得从 20 世纪初开始说起。那时候安哥拉还是葡萄牙的殖民地，葡萄牙人为了把刚果那边的铁矿运出来，花了整整三十年的时间修建了这条横贯整个安哥拉的铁路。安哥拉这个国家四四方方，面积差不多跟新疆一般大，这条铁路正好横在安哥拉的正中间，跟一条腰带一样，西起大西洋，东接刚果（金），呈东西走向，长度足足有一千四百公里，比京沪高铁还要长一点点。这么长一条铁路，要翻越崇山峻岭，穿过沼泽荒漠，在当时那种技术条件下，修建难度可想而知。我们国家差不多同一个时代修建的滇缅铁路，死人无数，就跟打仗一样，平均一根枕木下面可以埋一具尸首，而当时安哥拉在修建这条铁路时是个什么情况现在已经查不到了，不过估计也好不到哪儿去，那些葡萄牙殖民者虽然不会像日本人那样穷凶极恶，但也应该不怎么会怜惜黑人的性命，我们知道一公里铁路下面一般会有一千五到一千六百根枕木，一千四百公里的铁路，就有差不多两百万根枕木，就算死亡率是滇缅铁路的一个零头，那也不得了。这条铁路

粉刷一新的列车（红色、黄色和黑色是安哥拉国旗的颜色，代表血、土地和肤色）

修好之后没过多少年，安哥拉人就开始闹革命了，成功地把葡萄牙人赶回老家，赶走之后又开始打内战，还是自己人比较难搞，这一战足足打了三十年。这么多年的仗打下来，这铁路当然是打了个稀巴烂，有的地方保存好一点，火车还能开，有的地方我不说你都看不出来这里曾经有铁路，譬如我之前提到的萨温吉拉，这车站就跟蒸发了一样，只剩下蓝天、白云和草地，连块砖都找不见了。

　　打完仗后，安哥拉政府开始了战后重建工作。安哥拉总统多斯桑托斯身边有一位来自中国的铁哥们儿徐先生，曾经在安哥拉内战时跟总统先生并肩作战，这位安哥拉华人口中充满传奇色彩的风云人物绝对是个大忽悠，但不可否认他也是一个伟大的演说家。据说徐先生在总统和议会面前做了一次历史性的演说，为总统先生描绘了一幅未来安哥拉绚丽多彩、无比辉煌的蓝图。总统听了之后彻夜难眠，想象着贫穷的祖国即将走上富强民主的道路，美好的前景触手可及，他心潮澎湃，按捺不住内心的激动。第二天天还没亮，总统先生穿着睡衣红着眼睛亲自来到总统府的客房，找到徐先生，用力握着他的手说："兄弟啊，你可别骗我，你就告诉老哥，安哥拉的未来真能变得这么美好吗？"徐先生说："大哥，我们可是过命的交情，我忽悠谁也不能忽悠你啊！"随后，安哥拉政府启动了一大批规模浩大的面子工程，其中就包括这条号称"世纪工程""总统工程""民生工程"的本格拉铁路。不过据说多年后两个人的友谊出现了难以修复的裂痕，赚足了油水的徐先生乘坐着私人飞机满世界飞，头发花白的老总统每每提及这个来自中国的兄弟就会气急败坏地说："他就是个骗子，闹达蹦！"

　　徐先生在总统的授意下承包了所有的工程，为此特意成立了一家公司，总统女儿、总统兄弟都是公司的股东，并且在罗安达最繁华的

铁路开通庆典上的老铁路职工

地段盖了一座摩天大楼作为办公楼，取名 Luanda One，意思是罗安达第一，成为当地著名的地标。我曾经在楼下转悠过，里面装修富丽堂皇，安保森严，据说里面为总统女儿伊丽莎白和其他政要永久保留独立的办公室，尽管他们可能一年都不会来上一趟。

　　在徐先生承包的百亿美元大单里，有机场、铁路、住宅、港口、工厂，其中让无所不能的徐先生比较头疼的是铁路，这在中国是被国家垄断的行业，一般的私人企业无从插足，但是精明的徐先生觉得用这 18 亿美元来交个朋友也是个不错的选择，于是徐先生用他的私人飞机将一群央企的领导们带到了安哥拉。那个时候，虽然我们国家已经在鼓励企业走出去了，但真正走出去的并不是那么多，但凡在国内日子过得不错的，都对跑到非洲这种地方来赚钱不屑一顾。跟我们公司领导同行的就有好几家国内老牌的设计院，大家伙在坐着直升飞机考察了一圈之后纷纷表示这个活没法干，并不是技术上有多难，而是工作条件太差，尤其是深入到比耶高原和隆达高原之后，几百公里的无人区，后勤保障根本无从谈起，更可怕的是地雷，内战时期铁路沿线是两军交战的重点，这工程要是开干，必须要有排雷兵先上去排查一遍，但谁又能保证没有漏网之鱼呢？谁会想离乡背井冒着生命危险跑到这种鸟不拉屎的地方来赚钱呢？正在徐先生拉着脸一筹莫展之时，我们院长把手一举说："这活我们来干。"这一下惊呆了各位同行，有的惊讶，有的不解，有的冷笑，只有徐先生站起来握着我们院长的手说："还是你们上海人有腔调。"事后有人问我们院长，当时怎么就把这活揽下来了呢。院长一边擦汗一边说："你以为我想啊，家里都快揭不开锅了！"

本格拉铁路支线卡瓦古附近的大树下，当地人在乘凉

事实证明了这个决策的正确性，整个项目将近一个亿的纯利润救活了我们企业。当然，大家肯定又会有一堆的问题：这后勤到底是怎么保障的？这地雷最终排干净了吗？有没有炸死人呢？关于地雷这里就不多说了，我专门写了一篇文章《安哥拉的地雷》说明我和地雷的故事。如前所说，安哥拉的铁路在技术上没有任何难度可言，这个工程最大的难题就是后勤保障和物资供应。我们设计院体量小，自己另起炉灶肯定划不来，于是我们就抱着搭伙的姿态吃定工程局，我们要求也不高，你们吃什么我们就吃什么，你们住哪里我们就住哪里，总之别忘了兄弟就是。工程局在这方面可以算是行家里

工作人员正在检查被战火损毁的铁路桥

手，物资运输调度，早有一套非常成熟的做法，他们成立了四五个分公司，一个公司负责一段，每个公司下面又设好多个工程队，他们以几个沿线的大城市为据点，一个站点一个站点地向无人区推进，步步为营，有条不紊，基本上沿线每隔一段路就会设一个基地，每个基地由一个工程队负责，就跟高速公路上的服务区一样，当我们的车往返于上千公里的铁路线时，吃饭加油住宿，给我们提供了极大的便利。当然，上千公里的战线，中间总免不了会出现问题。这些基地的食物和饮水都是用卡车统一配给的，菜品单一也就不说了，配给的量非常少，是按人头算的，食物总是短缺，只够队里的工人吃，有时候配送时间晚了，有时候天气炎热送的菜烂在路上了，免不了要饿肚子，有时候领导下基层视察工作，必须要好酒好菜，工程局的作风你懂的，这时候往往就需要队长自己想办法。最普遍的做法是自己种菜，虽然非洲的水土跟国内不同，很多菜籽撒在异国他乡的土壤里就是不肯发芽，有的就算长出来也是变了模样，但工程局里面不乏精通农学的专家，他们将五千年农耕文明的智慧带到了这片贫瘠的土地上，让我们这些漂泊异乡的人也能尝到家乡的味道。工程局对我们设计院还比较客气，有时候招待完我们吃饭，还会给我们捎上一点队上的特产，让我们回去可以开个小灶，所以我们对于哪个队上的菜园子里有些什么菜都了如指掌，有时候几个吃货坐下来聊聊美食，就会有这样的对话：二队的苦瓜不错，清爽可口，回味无穷。四队的番茄那才叫一个绝，直接生吃，就跟吃水果一样，那酸爽！还是三公司的韭菜好，拿来包饺子，啧啧啧，完美！中国人对于吃的执着真是叹为观止。

　　我们公司从 2006 年跟工程局一起进场，开始勘察设计工作，中间因为地雷爆炸停工了一年，这件事我在别的散文里有过叙述，这个情

本格拉铁路起点——洛比托新客站的施工现场

节也被我写进了小说《雨水中的库恩巴》里面。2007 年我们又卷土重
来，顺便还做了罗安达铁路 400 公里的勘察设计。我是 2008 年第一次
到安哥拉，那时正值罗安达铁路结束勘测，大部队转战本格拉铁路时
期，设计工作推进到了铁路里程 150 公里附近的库巴尔，我第一次被
派驻到安哥拉的野外从事勘察设计工作。我清楚记得后勤主任开着一
辆皮卡车一路颠簸把我送到库巴尔，一路上跟在工程局的装载车后面，
厚厚的尘土遮天蔽日，能见度不超过三米。我们灰头土脸抵达库巴尔
的基地，安排我住的土坯房，真是凄惨，没想到这却是住宿条件最好
的一次外业，后面的日子全都得住帐篷。我去的时候这个测段的工作
已经基本结束，平日里我就跟着测量队的师傅们去草原上找坦克，去
村庄里串门，找阿米嘎拍照。正事没干几件，住了四五天就回本格拉
基地了。到了 8 月份，我们的工作艰难推进到了万博，也就是铁路里
程 400 多公里的地方，那一段是整条本格拉铁路难度最大的地方，海

我们在对铁路进行勘测

拔由沿海地区的三四米拔高到了1500米，铁路在山谷沟壑之间弯曲盘旋，很多地方往往都是一边高山一边悬崖，车子开不进去，只能徒步进去测量，大家带上馒头作为干粮，在深山老林里一干就是一天，而且要赶在天黑前抵达前面一个出口。到了10月，我们推进到了600公里，去万博开了一次施工交底会，路上出了车祸，记忆犹新。2009年初，我人生中最重要的一次外业，被派到铁路里程780公里的地方待了两个多月，这地方就是库恩巴。那时正值雨季，库恩巴瀑布雨水充沛，气势恢宏，测量工作极其缓慢，我们的日常往往是这样的：早上七点半准时出车，出门没多少路，皮卡车就陷进了淤泥，手机没信号，就派一个人回基地求救，工程局派了一辆挖机来拖车，结果到了跟前咔嚓一下也陷住了，于是大家蹲一起抽根烟，再派人回去求救。等到车子弄出来，大家一看时间，也差不多该吃中饭了，于是打道回府，收工吃饭。正是这次外业，我写出了《雨水中的库恩巴》，之后才有了这本散文集。2009年4月，完成了这个测段的工作之后，我回国休了十天的假期（本来回国有一个月的假期，但是才休息了十天就被叫回来参加江西一条铁路的勘测工作），然后又到安哥拉接着往下干。2009年12月，1344公里的本格拉铁路勘察设计工作全线贯通，举行

当地人在欢庆本格拉铁路通车

了隆重的贯通庆典，董事长和院长亲自来到安哥拉对我们表示嘉奖。院长回忆起当年硬着头皮揽下这个项目的情景，感慨万千，那天晚上的宴席上，向来千杯不醉的院长喝得东倒西歪不省人事，当然，为了喝倒院长，我也尽了一份绵薄之力，吐了一通宵之后第二天直接被人抬到了医院挂吊瓶。

　　设计工作结束之后，是长达五年的施工配合，这五年的时间，我待满了四年，看着工程局的队伍一点一点地把钢轨由大西洋海边铺向比耶高原，铺过连绵的山脉，铺过奔腾的宽扎河，铺过整个安哥拉，一点一点将我们的设计图纸变成现实，就像是自己的孩子一样，看着他慢慢长大成人，由一个小小的婴儿，变成一个高大的青年，最终离你远去，走向自己的命运。2015 年 2 月 14 日，西方情人节，是我跟"自己的孩子"正式说再见的日子，今后的时光里，恐怕再也不能亲眼看到你了，只能通过新闻、通过报纸了解一下你的近况。这条铁路几乎承载了我整整七年的青春岁月，看着火车通车的画面，汽笛声仿佛就在耳边，清晰可闻。

　　再见吧，本格拉铁路，祝你好运！

从本格拉到卢埃纳

现在拍电影最流行的就是老片翻拍，翻一遍还不够，还要翻过来再翻过去，质量却越拍越差，拍到观众反胃为止，总之不把经典毁了终归是不肯罢休的。而我这篇文章恰恰是属于老文重写，为啥要重写呢？2009 年初，那是我第二次去安哥拉，也算是经验丰富的老非洲了，这一次我雄心万丈、踌躇满志，带了整整一箱的零食，拷了满满两个硬盘的电视剧，决定在这片贫瘠的土地上度过一段富有意义的时光。这次一同带来的还有一个数码相机，以弥补上一年只带了个诺基亚黑白手机的遗憾，临行前我对妻子说："哥这次去要拍美照、写游记，你每天看我的博客，就相当于跟我一同在非洲旅行。"我妻子听了那叫一个感动，又往我行李箱里多塞了几包方便面。我也没有食言，一到非洲就开始付诸实践，连续写了三篇游记，图文并茂，可是然后，就没有然后了。至于是什么原因，不外乎是一个懒字，我妻子在 QQ 上问我怎么不更新了，我说这边太无聊，实在没啥可写的，总不能写我今天又看了什么电视剧吧。现在想重新整理一本安哥拉的散文集，想到博客上有几篇游记可以收入，于是又翻开来看，发现这三篇东西写得不太好，果然是我早期作品，一篇写从罗安达坐车到本格拉，一路上嗨爆了的心情；一篇写到洛比托的海滩玩耍，海滩的人、事、景物没写两句，东拉西扯不知道在写些什么，感觉是在硬凑字数；最后一篇写我们项目部搬家，从本格拉搬到卢埃纳路上的所见所闻。比较下来，感觉还是第三篇有点实质性的内容，但是这文章错误百出，观点可笑，实在拿不出手，于是重新操刀，把这篇七年之前的老文章拿出来重新包装一下。

大家正在把行李装车

提起这趟搬家，由于年代久远，基本已经记不起来什么细节了。记得当时工程进度推进比较顺利，2009年初我回国的时候就已经推进到了位于本格拉铁路里程840公里处的穆尼杨戈，这次回来就是接着这个里程往前推进，而我们的基地设在铁路的起点，两个地方相差八九百公里，显然不利于工作的开展。于是领导就决定把大部队开拨到1000公里之外的卢埃纳，那是安哥拉东部隆达高原上一座宏伟的城市，也是莫希科省的首府。我们分成两批，第一批人坐飞机过去，带着电脑和少量的生活用品，开展前期工作。我被编入第二批，一共三辆车子，装着大批的粮草辎重，什么锅碗瓢盆、床垫被子、桌子椅子，在2009年4月28日的早上，浩浩荡荡地朝远在千里之外的卢埃纳进发。

本格拉以东，最著名的景点之一，被中国人戏称为奶头山

　　看过我的小说的人对于这段路程或多或少应该会有点印象，小说的前面写了主人公如何从国内来到安哥拉，到了安哥拉之后如何从罗安达到本格拉，又如何从本格拉坐车到达库恩巴，库恩巴再往东300公里就是卢埃纳了，走的都是同一条路，所以小说里面对这条线路的描写大多数来源于这趟搬家。这条路线后来又走过几次，时过境迁，有破败了的，也有新冒出来的，在哪个队吃过什么菜，在哪顶帐篷睡过觉，有的还在，有的早已废弃，看到这些变化，总是感慨良多，想念当年如何如何，叹息一下一去不返的青春。

　　我们的行程大概1400公里，要是放在国内也是段不轻松的路程，考虑到安哥拉恶劣的路况，还有车子随时抛锚的可能，我们安排了整整三天的行程。第一天相对来说是最轻松的，靠近沿海发达地区，柏油路的路况也比较好。第二天开始就有苦头吃了，一路颠簸，去年就是在这段路上出的车祸。第三天是最可怕的路程，要穿越400公里的无人区，手机也没有信号，一路上沼泽湿地，热带丛林，只有挖土机碾出来的一条土路，雨季刚过，一路烂泥，车子陷进去是家常便饭，所以我们几辆车子必须结伴而行，车况差的车子开前面，性能好的车子排最后，带上对讲机和卫星电话，必须得在天黑之前赶到卢埃纳。

第一天中午我们抵达了小镇甘达。这座小镇位于本格拉和万博的中间，是必经之地，工程局在这里租了一栋小别墅作为招待点，给往来的工作人员提供食物。这是一座美丽的小镇，绿化很好，马路两旁绿荫蔽天，马路中间还有隔离带，这在我们国内同等级别的小镇里都很少见。路边一座座别墅精致典雅，像是镶嵌在这块绿色毛毯上五颜六色的珍珠，我在之前的游记中写道："不得不承认甘达别墅的风格是我在安哥拉最欣赏的，不像洛比托别墅单调乏味，也不像罗安达别墅样式丑陋，这里的别墅每一座都与众不同，每

甘达的仙人掌树

甘达的别墅

一座都有自己的风格特征，但总的看来，又是那么和谐统一，也不像上海外滩的一排排建筑，结构和风格都大相径庭。"这段文字现在看来真是叫人尴尬，不知道当年脑子长哪里，为了赞美甘达别墅贬低别处的别墅。其实洛比托的别墅一点都不乏味，罗安达的别墅比甘达的别墅漂亮多了，最后连上海外滩都已躺枪了，我当年多么感性冲动。后面几年间，我曾多次路过甘达，由于路况变好，以前半天时间才能到，现在两个小时就够了，所以大家也就不会选择在这里用餐而是直接到万博的指挥部，这个招待点也随之撤销。后面每次路过的时候，总是感觉这座小镇美丽不再，可能是由于工程局的大卡车来来往往，甘达内部的道路损坏得一塌糊涂，曾经我最喜欢的有中央隔离带的马路，已经坑坑洼洼不成样子，绿化也没有维护下去，整个城镇笼罩在一片尘土和炙热之中。以前我们行车路线会穿过城镇中心街道，由于路实在难开，后来统统都避开中心直接从边上绕过去了。

甘达的街景

甘达再往东走就不再是清一色的柏油马路了，由于战火的摧残，原先的交通设施都已面目全非，可以清楚看见断断续续的柏油马路上巨大的弹坑，这非常考验司机的技术。我们车队就像蛇一样，时而在弹坑之间周旋，时而停下来等待横穿公路的猴群，时而又鸣笛驱赶躺在马路中间晒太阳、耳朵有点背的山羊。越往东走海拔越高，有时候车子爬上一个高坡，从窗外可以俯瞰苍茫无边的非洲草原，巨大的面包树散落其间，还有低矮球状的灌木，高低错落，相映成趣。这时候司机告诉我们，从这里开始就已经进入比耶高原了。

安哥拉的地势跟我们国内类似，只不过他们是西部临海，海滨地区地势平坦，经济发达，越往东部内陆，海拔逐渐升高，经济也越来越落后。万博的平均海拔在 1500 米左右，气候干燥，白天烈日炎炎，夜晚睡觉需要盖厚被子。当我们抵达这座安哥拉第二大城市时，已经是傍晚时分了，我们的车子穿越万博的街头，司机会指给我们看传说中击毙反对派领导人撒文笔的建筑，这座两层楼的建筑在主干道旁巍然耸立，满布弹孔，残破不堪，这场面，这惨烈，必须是击毙撒文笔的地方。工程局在万博的市中心租了一栋别墅作为整个工程的指挥中心，每月租金 1.8 万美元，晚上我们就下榻在这个拥挤的别墅里头，大家心想这一年的租金都可以自己盖一栋楼了。关于万博，没有多少好的印象，关键是那个医院留给我的记忆太过糟糕，简直跟噩梦一样。但也并非一无是处，万博街头有一种开满紫色小花的大树，沿着城市的主干道整齐排列，一到开花的季节，郁郁葱葱，花团锦簇，紫色花冠的巨树映衬着湛蓝开阔的天空，仰望之，会有一种庄重典雅、洗净澄明的神圣感觉。在国内，作为一个男同胞，我对各种花花草草一向不太敏感，所以也叫不上这种树的名字，但是第一次看见这些树开花的时候，竟也被狠狠震撼了一回，并且至今难忘。除了这种树，万博的中心广场可以勉强算是一个"旅游景点"。我们中国人有饭后散步的习惯，那天用完晚餐，大家就结伴出去散步，从别墅出来走上一小段路就到了万博中心广场，这个广场面积不大，中间立着安哥拉开国总统的雕像，按照我们的习惯，大家轮流过去合影留念，这位总统先生背着长长的步枪，坐在地上埋头读书，恐怕是想告诫后人，知识和武器是夺取胜利的两大法宝。

第二天清晨，我们早早地就出发了。万博以东，柏油马路完全绝迹，我立刻意识到之后的两天就要在这样剧烈的颠簸中度过了。由于颠簸得太过厉害，皮卡车上装着的生活用品走一路掉一路，就算出发之前五花大绑了也无济于事。我们停下来解手，司机发现又掉了一叠塑料方凳，一边骂娘一边爬上皮卡车的车斗去把

铁路边上头顶脸盆的女孩们

绳子系紧。没多久，从后面上来一个黑人，哼着小调，骑着摩托车，一手把着方向盘一手提着一叠塑料方凳，前面还挂着一个烧水壶，脸上洋溢着幸福的笑容，看见我们一帮人在路边看着他，脸上的笑容立刻僵住了，鬼使神差地把车停到我们面前，大家上去一边说"噢布里嘎多"（葡萄牙语谢谢的意思）一边就把他的东西卸下来，完了递给他一根烟，跟他说了声辛苦了再见。这个老黑叼着烟恍恍惚惚骑车离去，似乎还没反应过来发生了什么，幸运来得突然去得突然，就跟做梦一样。

我们的皮卡车率先抛锚，不过幸运的是已经离工程局的奎托项目部不远了。奎托这座城市给我留下深刻印象的是巨大的贫民窟和一条V字形的主干道，每次都是匆匆路过，没有什么具体的了解。在经过

我们的皮卡车率先抛锚

短暂的抢修之后我们把车开到了项目部的维修中心，这个项目部面积庞大，在奎托火车站旁边圈了一大块地，租了车站里的几套附属用房，还盖了几排彩板房，我们在

那里吃了个中饭，然后等着修车，两个小时之后我们再度出发。

　　经过半天的颠簸，傍晚时分我们抵达了卡玛库帕项目部，从卢埃纳过来的同事早已在那里等候多时了，考虑到第二天路程的艰险，特意从卢埃纳开过来两辆车作为向导和接应，以确保万无一失。卡玛库帕是此次东去卢埃纳路上最后一座尚具规模的城镇，之后的400公里，不要说加油、维修、住宿了，简直人迹罕至，连手机信号都很难收到。这座城市规模跟甘达差不多，但更加荒凉破败一点，街道两旁的建筑几乎没有一座不是千疮百孔、弹痕累累，晚饭后本来想到镇上散步，却被告知小镇上的确没有任何值得一逛的地方，甚至连一家超市都没有，因此也就打消了念头。好多年后我又一次来到这里，看见这些残垣断壁，一种记录社会历史变迁的摄影师的责任感涌上心头，于是我再一次提出来出去逛一逛，其实是想去拍照。我们领导看我背了个相机，

小镇卡玛库帕街景

说你这样太危险，出门就给人抢了，这样吧，我陪你去，给你当保镖。结果一出门就被领导拽去参观火车站和铁路施工进度了，然后还顺道成了领导的私人摄影师。因此，探索卡玛库帕民俗民风，记录当地社会变迁的任务又一次落了空。

根据老司机说，上次有人早上五点半从卡玛库帕出发，结果路上车子陷住了，凌晨两点才到卢埃纳，差点在野外过夜。这400公里的无人区，必须保证一口气杀到卢埃纳，中间不能出任何岔子，否则前不着村后不着店，叫天天不应叫地地不灵，可以说是凶险至极。于是

卡玛库帕街头的残垣断壁

我们调整了五辆车子的物资分配，准备的水和干粮足够我们两天吃的，检查好车辆和设备，凌晨五点钟，天还漆黑一片，车队就浩浩荡荡从卡玛库帕项目部向东方的卢埃纳进发了。

太阳刚出来，我们就抵达了宽扎。去年跟随领导视察前线来过一次，雨季刚结束的宽扎河水充沛有力，我们的铁路从上面横跨而过，紧挨着老铁路桥，新的宽扎河大桥的墩子已经施工完成。过了宽扎，是二队的驻地库伊瓦，再往东，就是我战斗过的地方小镇库恩巴了。这段铁路的每一处弯道我都再熟悉不过，当年做设计没有等高线地形图可以参考，我只能拿着一本本子，戴着草帽，孤身一人沿着铁路线行走，用铅笔记录下铁路两旁的地形地貌，晚上回到电脑前把铁路的方案画出来，每一个弯道都反复考虑来回调试，就这样以每天五六公里的进度，足足走了将近两个月，把这前后一百公里的铁路设计完成。现在回想起来真是殊为不易，再次路过这里怎么能不叫人感慨万千。最令人遗憾的是主路没有经过库恩巴大瀑布，但是隐约可以听见瀑布发出的嗡嗡声响，我跟同车的同事描绘了这座瀑布的壮美，听得他们神往不已。其实当时连我自己都没有意识到这座瀑布将会和我产生什么样的联系，因为当时我并没有创作小说《雨水中的库恩巴》的计划，只是带着一首没有写完的、让我头疼的小诗，否则的话我一定会提议下车去再看一看瀑布，尤其是那个让我魂牵梦绕的观景平台。

小镇库恩巴

一片荒凉的萨温吉拉

库恩巴再往东 40 公里就是萨温吉拉,我们在这里简单吃了碗面条之后就匆匆上路了。关于萨温吉拉这个地方我也是在多篇文章里有过描述,而且还为这个地方写过一首小诗。当年完成了库恩巴段的勘察设计工作之后,我和三个同事就开着皮卡车,载着粘满机油的床和被子驻扎在这里,一直工作到春节,然后到卢埃纳过了个年,之后又返回这里继续勘察工作,这一段故事我在另一篇描述在安哥拉过年的文章里有详细的记录。然而,在我记忆中,应该已经把这两段艰辛的路程彻底混淆了。在我早期的游记当中,对于这段路程的描写十分简单:"大概晚上八点多钟的光景,我们抵达了卢埃纳。千里之行,始于本格拉,终于卢埃纳。"整篇游记就这么戛然而止,对于这趟穿越 400公里沼泽无人区的旅途中发生了什么没有丝毫的叙述,当初为什么把这么重要的阶段略去不写,我回顾自己写作的历程,发现自己有一个恶习,我每每在写散文之初,都会给自己定下一个字数的目标,一旦达到了，就欣然搁笔，匆匆结束，这篇游记就是这样。所以这趟旅途中发生了什么，借助其他文章，以及我脑海中的已经混淆的片段，应该依旧是这几个关键词：陷车，抛锚，黑夜中迷路，黑暗之中看见卢埃纳的万家灯

车子陷在烂泥里，大家在等待救援

火时发出的欢呼。至于哪些是上次去卢埃纳过年遇到的，哪些是这次搬家途中所发生的，已经无从知晓，但是从最后抵达的时间来看，在黑暗之中看见卢埃纳的万家灯火这件事情应该是这次搬家所遇到的。

当时，我们的车队经过了一天的跋涉之后人困马乏，每个人都披头散发、油光满面，精神极度萎靡。我们原计划是在下午四点之前赶到卢埃纳，趁着太阳还没下山，还可以把被子拿出来晒一晒，去去霉气。结果太阳西沉，天色渐晚，我们的车队还在森林里颠簸，大家渐渐地不安起来。司机说，只要在天黑前出了林子就没事了。结果，当天完全黑了下来之后，我们在森林里迷了路。这时我们脑中想起了出发前某个乌鸦嘴说的在野外过夜的事情，一团不祥的阴影笼罩在所有人的心头，大家下了车打着手电筒找路，终于在地上找到汽车轮胎的印迹，于是大家重新上车出发，沿着车辙继续在黑暗的森林中摸索前进。当时没有手机地图，也没有太阳指引方向，这个方向是对是错谁也不能百分之百确定。有人说，地上这车轮印不会是我们自己留下的吧？吓得我们把这人按住一顿好打。大家就这样惴惴不安地颠簸着，车子虽然开着大灯，但眼前除了厚厚的尘土和浓浓的黑夜什么都看不见，当所有人的情绪越来越低落，心越来越凉之时，突然有人喊道：

"看！卢埃纳的灯光！"我们眯起眼睛一看，森林之外，已是一马平川，天地一色的地平线上，微弱的灯光星星点点，与满天的繁星连成一片，若不是其他人提醒，根本分辨不出。但这也无法阻挡大家的欢呼："看呐，卢埃纳的万家灯火！"

至于抵达之后如何连夜搭床，如何裹着霉臭的被子睡觉，都已忘得一干二净，因为相比这趟旅途的艰辛，以及成功到达后的喜悦，这些鸡毛蒜皮的小事都已微不足道。像这样艰苦卓绝的旅程，在我安哥拉度过的六年岁月中亦属少见，虽然事后有了侃大山的谈资，但如果让我重新选，我会果断选择坐飞机。几十年后，我们的后人也许会惊叹于我们这辈铁路人是如何在如此恶劣的条件下修建出这样一条钢铁巨龙，就像现在的我们惊叹前辈们的丰功伟绩一样。

千里之行，始于本格拉，终于卢埃纳。

卢埃纳的日常

在安哥拉待了那么多年，去过的地方算不上多，开始几年都是沿着本格拉铁路沿线来回奔波，后来长期驻扎在首都罗安达做经营工作，除了有次出差到卡宾达，其他地方就再也没有去过了。有三个地方曾经作为我们项目部的基地，我都待过相当长的时间：最久的是本格拉，简直比我老家还熟；其次是罗安达，这城市太大，又脏乱差，而且治安也不好，所以我们多是在有限的范围内活动；然后就是卢埃纳了，这个城市民风淳朴，环境优美，马路宽阔，巨树成荫，唯一的缺点就是交通不便，有点与世隔绝的味道。其实卢埃纳是一座很合我心意的城市，不过奇怪的是我对这里的记忆并不是特别清晰，很多次试图回忆这里的生活，回忆这里的一些人，一些事，但始终都串联不起来，只有一些片段，一些场景，零零碎碎，散落在我的记忆深处。原本我已经放弃这篇文章了，一来没什么特别有意思的事情可写，二来时隔多年，对这座城市的记忆都已模糊，但总觉得要是不写一下这座安哥拉东部最重要的城市，我这本反映安哥拉风土人情的集子的权威性就

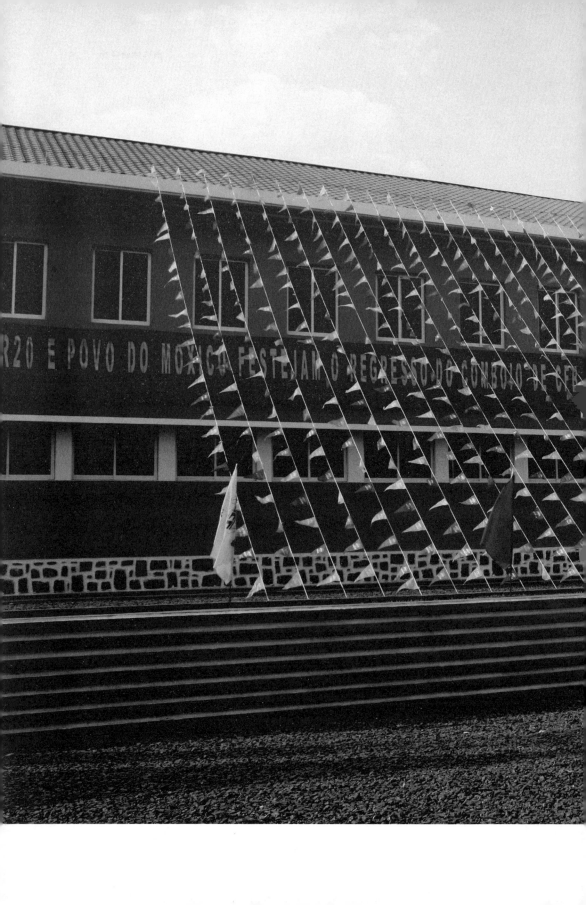

装修一新的卢埃纳火车站

要大打折扣。所以我便又捡起笔来，写一写我在卢埃纳生活的点滴，想起来就说点，想不起来就作罢，有啥说啥，絮絮叨叨。

卢埃纳位于安哥拉东部的隆达高原上，距离东边的刚果（金）还有三四百公里的路程，当我第一次来到这座城市的时候正值 2009 年的春节，我们在库恩巴的测量小组被接到卢埃纳，和驻扎在这边的同事共度新年。当车子刚开进基地院子的时候，我的第一句话是："这基地真好，竟然是在城里！"这话出自一个在荒郊野岭住了两个月帐篷的年轻人之口，真的一点都不足为奇，可惜我们在"城里"只住了三四天，匆匆忙忙过了个春节，大年初三就启程上路，回到库恩巴继续勘测工作了。

当时还在懊恼领导真不够意思，让我们在城里才住了这么几天又把我们赶到山沟沟里，没想到"美梦"成真，干完那一测段的工作后，领导就让我回国休假了几天。后来把我派到了卢埃纳，这一住就是半年。

卢埃纳的基地确实是在"城里"，紧挨着卢埃纳火车站，铁路局划了一大片空地，工程局在里面建了几排泥房和板房，开辟了菜园，还围绕着院子里的几棵高耸入云的芒果树煞有介事地建起了景观花坛、凉亭、石桌、石凳，闲暇之时可以在树荫下乘凉打牌、赏花赏芒果，虽然说那花坛的脚墙建得跟铁路挡墙一样丑陋笨拙，但总聊胜于无吧。

说起院子里的芒果树，那绝对是为数不多的亮点之一。几棵芒果树枝繁叶茂，参天而立，树干粗壮，需要三四个人才能合抱过来，如同一把巨大的太阳伞把整个院子遮得严严实实，用于乘凉那是绝佳的场所。可惜卢埃纳常年气候宜人，印象里基本没有炎热的时候，大树底下的石桌石凳基本就成了摆设。每到旱季的尾声，是我们最幸福的时光，芒果树上会挂满了饱满的果实，成片成片的把树枝压弯成一把弓，果实在烈日的暴晒下变得火红，等到熟透了，芒果就会啪嗒啪嗒往下掉，所以这个时候在院子里散步可千万小心，被从十几米高的树上掉下来的芒果砸中脑袋可不是闹着玩的。

　　我们住的板房后面有一棵芒果树，由于我们全体男同事每天夜里辛勤的浇灌，枝头上所结出的果实比其他树上的更加饱满红润，这棵树也因此被默认为是我们设计院的私有财产。每当大家工作劳累之时，总会走出办公室，喜滋滋地看着树上成片的果实，如同辛勤的老农挂着锄头望着自己一望无际的庄稼。但气人的是果实长得实在太高，除非爬到树上，否则根本够不着。虽然对面的工程局也有同样的烦恼，但不得不承认，吃货在面对美食的时候往往能迸发出惊人的智慧，他

莱列多爬上高大的结满果实的芒果树

用吊机把人吊上去摘芒果

们把施工用的吊机开进院子，把人装进汽油桶里高高的吊上去，随着发动机的隆隆声，一桶又一桶的芒果从树上运下来。我们站在一旁围观，看着满地的芒果心里总觉得不是滋味，工程局的小哥一边收拾一边对我们说："来来来，拿几个，别客气。"脸皮厚的人就欢天喜地捧回去吃，稍有节操的则严词拒绝，嘴里还小声嘀咕："公车私用，真不像话！"

在目睹了机械化作业之后，我们这群手无寸铁的原始人意识到了工具对于提升生活品质的重要性。动手能力强的同事研制出了一种收割芒果的工具，这是一种类似鱼竿的东西，只不过杆子的尽头不是鱼线，而是装了一把小小的镰刀，举着这把长长的镰刀，瞄着果实后面的树枝用力一割，一串芒果就稀里哗啦从高处掉落下来。为了不让芒果掉到地上砸烂，我们安排了四个人拉着床单在树底下接着，一个人爬到房顶上指挥大家走位。"一二三，走！"随着这样的吆喝声，没多久床单上就收集了满满的芒果。这是我们2009年本格拉铁路勘察设计大会战时期才能看到的场面，那个时候人丁兴旺，好不热闹。等到2013年施工配合的时候，我再次来到这里，整个基地的格局虽然没有什么改变，但我们总共也就四个人，还总有人往工地跑。平日里我跟司机老孙常常蹲在门外，看着树上的芒果，那种望眼欲穿的寂寞，也只有我们两个大老爷们儿才能懂得。

有一天老孙听我诉说完当年采摘芒果的盛况，当天下午就自己动手制作了一把长柄镰刀跑到我面前来说："小马，摘芒果去！"我说：

"就我俩？谁在下面拉床单啊？"老孙说："你年轻，眼神好，在下面用手接着。"我一想也挺有道理，于是两个人就一起去摘芒果。沙包大的芒果从将近十米高的树上掉下来，砸到手心上生疼，要想徒手接住也不是件容易的事，但一开始我屡接屡中，有如神助。老孙说，看不出来小伙子身手了得啊！我说大学时候我那太极拳可是拿了优秀的。但后来不知道是老孙的失误还是他想考验我，我正仰着头全神贯注地盯着树上，他一镰刀割下去，三四个硕大的芒果向我的脸直扑过来，当时我脑子一懵，一颗芒果"咣当"一下砸我门牙上，当场把我砸倒在地。老孙过来把我扶起来问我怎么样，我说还好，就是头晕，嘴唇疼，门牙好像也有点松。我扶着墙晕乎乎走回办公室，同事看见我哈哈大笑起来，问我香肠嘴是怎么回事，我拿来镜子一照，发现我的上嘴唇肿得跟香肠似的，于是赶紧捂着嘴跑到医务室去处理，弄了两天才算消肿。

在离我们基地不远的地方有一座规模不算很大的足球场，每逢周末，球场那边就会传来震耳欲聋的欢呼呐喊声。刚来这里的时候，会被这样大的声响惊得从座位上跳起来，惊恐地问同事发生了什么。同事眼皮都不抬一下地说，肯定又进球了呗。这个球场我从来没进去过，就是有一次跟同事一起去边上的农贸市场买大蒜的时候看见过，同事指着不远处一座有些年头的低矮的足球场对我说，这个地方你千万别进去，里面的黑人体味那叫一个重，一般人受不了的。我说有这么夸张，你进去过？同事凝重地点点头，脸上悲怆的表情让我不忍心追问下去。

后来听其他同事说，这可是一座专业的足球场，人家也是专业足球队，跟欧洲的顶级联赛一样，每逢周末都有联赛，水平虽然比不上

卢埃纳足球场剪彩仪式

欧洲，但比起我们国家，高得不知道哪里去了。其实平心而论，安哥拉足球的水平也没高到哪里去，2006 年是安哥拉足球的巅峰，打进了世界杯，不过小组没出线就打道回府了，后来 2010 年在自己主场举办的非洲杯上，也就是八强的水平，这战绩跟我们国足可谓不分伯仲。但不可否认，安哥拉人对于足球的热情以及足球运动的普及程度就跟我们国家的乒乓球一样：在我们中国，只要是张台子就可以在上面打乒乓球；而在非洲，只要是块平地就会有一帮小屁孩踢球。没有草坪，没有球门，没有衣服球鞋，甚至可以没有足球——他们会用透明胶带把废纸糊成一个纸球——但这都不能阻止这些孩子对于足球的热爱。

我在离卢埃纳 100 多公里的甘贡嘎车站测量的时候在当地住过半个多月的时间，村里的孩子们每天都会在火车站附近踢球，我也常常去围观，都是一些十岁左右的小孩，大一点的看上去有十五六岁，所有人都光着脚丫在沙地里奔跑，踢得像模像样，虽然没有裁判，但一会儿工夫可以判好几个点球。我一个同事经常会加入他们，他的

集市上的男孩

技术似乎并不逊色于这帮孩子，但是两个来回跑下来，就插着腰站在原地喘气了。有一次我在一旁笑话他，他就使坏，鼓动孩子们拉我进来踢球，我推辞不掉，只好披挂上阵。一开始，这帮小黑孩像是十分信任我，总是把球往我脚下传，我一接到球，看着球场上一堆黑色的小屁孩，根本搞不清楚谁是队友，只有一个劲的带球往前冲，没冲几步球就丢了，反复几次，孩子们似乎对我丧失了信心，就再也不把球传给我，自顾自玩了。这是我在安哥拉唯一一次踢球的经历。

2013年再到卢埃纳的时候，每逢周末，这个球场依旧热闹非凡，突然爆发出的惊呼声，会使躺在门口的大黄警觉地竖起耳朵四下张望。而这时我们已经能从这声音中猜测出球场上发生的一切：如果这声音短促而下降，应该是主队错失了一个得分良机；如果声音高昂而且持续很久，说明主队打进了一个精彩的进球；如果声音高昂但却稀稀拉拉，那一定是客队取得了一个进球。

2009年底，我们结束了本格拉铁路全线1400公里的设计工作，为了庆祝这一历史性的伟大时刻，同时也作为跟这座城市、这个国家的告别，我们领导打算举办一个隆重的纪念仪式——去卢埃纳街上拍照。

卢埃纳街头一群头顶脸盆的女孩

那天上午，所有人都穿上自己认为的最正式的衣服，领导西装革履还打了领带，勘测队的同事平日里邋里邋遢，今天也都穿上了干净的T恤，我们厨房帮厨的小黑莱列多，穿上了我们办公室主任留给他的睡衣——他认为的最体面的服装。我则挑选了一件白色的T恤和牛仔裤，为了表示重视，出门前还特意洗了个头。

我们一行十来个人，从基地步行出发往卢埃纳的市中心闲逛。即将进入雨季的隆达高原，天空湛蓝，艳阳高照，就是风沙有点大。街道两旁的巨树开出了红色的花朵，我们一边吃着灰尘一边谈笑风生，看着这座生活了半年之久的城市，追溯着长达三年的铁路勘察设计的历程。沿着宽阔的街道走了大概十分钟的路程，就来到了卢埃纳的市政中心广场。所谓广场，是一大片被小路分割的绿地，巨树成荫，零散的放着几把石椅，边上有一座正在粉刷的白色的教堂，因为是周末，还能清楚听见里面传出的整齐的歌声。在领导的带领下，我们一群大老爷们儿来到一片草地上坐着，既没东西吃也没水喝，略带尴尬地硬聊着，广场里有一些孩子们在草地上玩耍，几个妇女怀抱着孩子坐在公园的长椅上晒太阳，还有一些好奇的路人会停住脚步，观察着这群举止奇怪的中国人。集体合影的环节结束以后，我们轮流找莱列多合影，他是我们唯一的当地员工，这位穿着中式睡衣的小黑成为当天最炙手可热的明星。有的人胆子大，会去找广场上玩耍的当地人拍照，还有的同事会去向黑人妇女借来小黑娃拍个全家福，其乐融融，亲如一家。

　　拍照活动持续了半个小时之后，我们项目部隆重的纪念仪式顺利结束。第二天，车队满载着家当，浩浩荡荡向远在千里之外的本格拉进发，开始了我们返回祖国的长途跋涉。

卢埃纳公园里的孩子

洛比托贫民窟里的孩子们

　　很多人问我在安哥拉是不是经常和黑人打交道，有没有认识很多黑人朋友，葡萄牙语是不是已经说得很溜了。在此澄清一下，为了安全考虑，我们公司的员工一天到晚都是圈禁在本格拉郊区的一个大院子里，与世隔绝，就只能跟工程局的中国人打交道，院子里只有几个打扫卫生和种菜的当地黑人，如果要外出，必须经过领导批准。如此一来，导致我的葡语水平至今保持在六年前的水准——你好，吃饭，谢谢，再见，你真漂亮，狗娘养的——这便是我全部的葡萄牙语词汇量了。

　　但是有一段时间是个例外。

　　2008 年底，大部队在前线进行本格拉铁路的勘测工作，一支小部队则留在本格拉负责码头支线的勘测。这条码头支线是本格拉铁路的一条专用线，也叫石油支线，从本格拉铁路接轨，一直通到洛比托海边的一个水泥厂和旱码头。这条小铁路总共也就七八公里长，杀鸡焉用牛刀，领导仅仅安排了三个测量人员，没想到其中一个人得了腰椎间盘突出，躺在床上不能行走，于是我只好顶替他，跟着测量工班一起进行勘测工作。就是这一周的测量工作，给了我难得的跟当地人亲密接触的机会。

考虑到我临时顶替的工作性质，他们给我安排了最简单的工作——负责看守基站。我们的测量用的 GPS 定位，要在 GPS 坐标点设置一个基站，接收卫星信号，然后发射给附近的接收器，从而测量出精确的数据。这台基站架设在一个三脚架上，一旦架好就不能移动分毫，否则测量数据就会出错。于是就必须在基站边上安排一个人看守，防止好奇的路人来触摸，或者把它搬走——这可是价值上百万的仪器。这条码头支线从一个叫路丝的车站接轨，第一个基点就选在了这个车站附近的一个小村庄里。我们一大清早把车子开过去，负责测量的同事很快找到了以前埋设的 GPS 点，动作娴熟地架设好基站，设置好测量坐标的参数，然后留给我一袋饼干和两瓶纯净水——当天的中饭——

洛比托的贫民窟

就急匆匆地走了。

　　我们在架设基站的时候，已经吸引了一群当地的小孩前来围观，他们三五成群躲在大树后面，议论纷纷，不敢上前，等到我同事一走，这群小黑娃立刻就围了上来，一会儿看看仪器，一会儿看看我，一个个眼珠滴溜溜转着，充满了好奇。我则像是一个肩负神圣使命的守卫一样，站在仪器前面，装出凶狠冷酷的样子，用眼神来捍卫我的领土。有一个胆大的男孩儿，试图靠近仪器，立刻被我喝止了，我捡了根树枝，在基站周围五米的范围画了一个大圈，然后告诉这些小

好奇的孩子们

孩，谁都不能靠近，谁走进这个圈谁就得"摸黑"，就是死掉的意思。这些小黑娃信以为真，眼神中立刻露出恐惧的神情，谁也不敢上前一步。

他们的注意力很快就全部转移到我这个外国人身上来。我把装GPS仪器的大箱子拖过来压在我画的大圈上，当作板凳坐到上面，这群小黑娃就像听课的学生一样整整齐齐围坐在我面前，瞪大了眼睛瞅着我，我心想他们肯定在琢磨怎么会有人长得这么白。我打量这一群小孩，有大有小，小的估计两三岁，大的可能有十来岁，一个个皮肤黑得发亮，骨瘦如柴，肚皮臃肿四肢细小——营养不良的结果，有的鼻涕邋遢，有的浑身脏兮兮，但仔细一看还都挺天真可爱。我让他们一个个自我介绍，有几个小孩特别活泼，争着抢着介绍自己，有的非常害羞，躲到别人的后面。我至今还记得一个叫米娜的小女孩儿，大约七八岁，见我就跟见了亲人似的，介绍完自己还把她弟弟妹妹也介绍给我，她指着一个躲在人群最后的鼻涕邋遢的小黑妞说，这是她妹妹，名字叫马莲娜。我当时只是一惊，觉得这个名字好美，后来我毅然将这个名字选为我小说中女主角的名字。

这群小孩中有一个年龄稍微大点的男孩叫赫米，竟然还会几句英语，他立刻成了孩子们的发言人，他们有什么问题全部都通过他来传达。我的英语水平本就很烂，这个小家伙的英语估计也是幼儿园水平，再加上奇怪的发音，我竟然也能听懂几句。我们大多数的交流都是用树枝在地上画画，他们一会儿问我是从哪里来的，一会儿问我有没有见过飞机，又问我身后的仪器是干吗用的，然后赫米悄悄来告诉我米娜暗恋的小男生是谁，米娜听到了之后就像个女汉子一样追着赫米狂打。

有个小孩显然看过不少中国的功夫片，跑到我面前摆开架势，又是翻跟头，又是扎马步，打起拳来还有模有样，似乎想让我这个来自功夫之乡的中国人品评一下。我被逗得哈哈大笑，立刻朝他竖起大拇指喊了声"达蹦"，葡萄牙语很好的意思。这一下引来了不少男孩的妒忌，当即就有几个男孩子过去抢到他面前表演开了空翻，居然个个身手敏捷，也不怕地上的石子扎手，虽然也有失手，但摔在地上丝毫不怕痛，我立刻一一叫好。而另一头又有几个男孩子朝我叫喊："阿米勾，阿力！阿力！"意思是"朋友，看这边！看这边！"随即竟然表演开了连续后空翻。我的前面瞬间变成了一个乡村体操盛会。

　　男孩子们玩累了，米娜过来教我女孩子们的游戏。她在地上画了个四乘八的方格，用四个啤酒瓶盖当骰子，哪几个方格中正门朝上，就在这几个方格里面堆几堆土，两个人轮流投掷，还可以把对方的土堆拆掉，类似于盖房子拆房子的感觉。她一边投啤酒瓶盖，还一边教

孩子们站得整整齐齐

我用葡萄牙语数数，纠正我的发音。她结束自己的一轮，便将瓶盖交给我，我负责投瓶盖，她负责操作，这就这样玩了大半天，虽然我最终还是没搞懂游戏规则。

到了中午，我肚子也饿了，就把包里的饼干拿出来吃。这一下不得了，所有的孩子眼睛全直了，他们把食指含在嘴里，一个个楚楚可怜地对我说："阿米勾，布拉夏，阿米勾，布拉夏。"意思是"朋友，饼干，朋友，饼干"。看着这些可怜的小东西，我的心瞬间就融化了，我拿出几片饼干分给他们吃，立刻遭到了哄抢，这时候赫米跳出来维持秩序，他把我给的饼干一块块发给每一个人，一人一份，但自己却不拿。我对此表示赞许，发完之后另外多给了他几块。小朋友们吃着饼干，几个大人路过也纷纷过来索要，我索性把饼干都给了他们。

这个村子的孩子们陪我度过了整整一天的时光，和孩子们在一起，让我几乎忘记了时间的流逝，这一天我从早到晚笑得合不拢嘴。太阳下山，同事们收工来接我，说大老远就听见我的笑声，啥事情这么高兴。我说没啥，认识了一群熊孩子，明天我们是否还来这里。

可惜第二天我们就告别了这群孩子，基站设到了洛比托市内的一个贫民窟里。这个贫民窟位于洛比托大转盘附近，通往罗安达的公路在这里分叉，我们的铁路沿着公路一直延伸到海边，公路的西边是一个巨大的集贸市场，车水马龙，人流如织，东边是一条绵延几公里的低矮的小山丘，寸草不生，洛比托的贫民窟就像梯田一样拾级而上，布满破旧的泥房，坐在车上沿着公路一路欣赏过去，竟然蔚为壮观。

我们秉承"站得高，信号好"的原则，把 GPS 基站设到了这个贫民窟的小山丘上。在这个地方我们测量了两天时间，使我又认识了一群当地的小朋友。

一所露天的学校，老师正在给孩子们上课

　　在我认识的朋友中，有一个小男孩让我印象深刻。这个男孩的名字我已经忘了，但我记得他也能说一些英语，而且水平明显比之前那个小黑娃高，应该属于初中水平。他一看见我就用英语对我说："Hello! You are my friend!"，然后用中学英语课本上的对话来跟我聊天，例如 "How do you do?" "What's your name?" "How old are you?"，让我感到格外亲切。他还把他的书包拿来给我看，里面有他们的英语课本、英葡词典，还有他的练习本。我翻看了他的练习本，里面认认真真、一遍又一遍抄写的英文句子，还有老师的批改。我发现本子的封底印了一个足球明星，我想起来安哥拉还参加了前几年的德国世界杯，于是我站起来做了几个踢足球的动作，然后告诉他们："安哥拉的足球，非常好，中国的足球，不好。"他们一听全都乐开了花。那个男孩还教了我他们男孩间的见面礼，右手握拳，抬起右腿，分别在脚踝、膝盖两个地方敲打一下，然后两个人双拳一碰，这样就表示两人是朋友。我学会了之后把我们中国人见面作揖的一套也教给了他们，然后一帮小屁孩就互相作揖，玩得不亦乐乎。后来上海办世博会，我们一家去里面参观，看见安哥拉馆，我就走进去跟里面的黑人搭讪，还用了这个男孩传授我的见面礼，让安哥拉馆的工作人员惊掉下巴，有种他乡遇故知的感觉。

本格拉铁路支线附近卡瓦古的孩子们

在这里，我还认识了一个黑人女孩。这个阿米噶有事没事喜欢借我的手机玩，那时候手机在安哥拉还是个稀罕玩意儿，属于奢侈品，她总是用我的电话去拨同一个号码，然后听了半天没人接，就又交还给我。没过多久，她又会跑来问我借电话，还是拨这个号码，依旧无人接听，她又是笑眯眯地还给我，似乎也不是什么急事，又似乎她早已知道这个结果。我猜想可能是她一个想念已久的朋友吧，后来我把这个细节也写进了我的小说当中。

当地的女孩平时闲着没事就喜欢编辫子，经常能看到一些阿米噶的头发编成密密麻麻无数条小辫子，这才知道这都是一根根纯手工编出来的，而且一编就是几天。打完电话后，这个阿米噶叫了她的两个闺蜜，坐到台阶上，低着头让两个闺蜜给她编辫子，一天编下来，编好一小半；等我们测量结束的时候，才完成了一半。

女孩子们复杂的发型

我们测量工作很快就结束了，当我们撤离这个贫民窟的时候，我竟然还有点恋恋不舍，就算这么多年过去，回想起这些纯真可爱的孩子们，他们的声音、笑容，依旧让我不能忘怀。

附一首坐在洛比托贫民窟写的诗，确是我当时内心真实的写照。

洛比托贫民窟里的孩子们

我不知道是公平还是不公平，

为什么这腐臭肮脏的贫民窟里，

会有那么多天使一样可爱的孩子们。

我也不知道是该赞美还是叹息，

这污浊的池水中漂浮的睡莲，

这汲取着致命毒素的娇嫩的花朵。

他们有的只有一条腿或是一条手臂，

有的肚皮臃肿四肢细小，

有的骨瘦如柴形如骷髅，

而且绝大多数肚脐丑陋

——拙劣的接生技术所导致的后果。

男孩们与泥沙为伴，

女孩们与虫蚁为伍。

他们的童年没有乐高，没有芭比；

也没有书本，没有功课。

只有有限的食物，

和无穷的快乐。

即使听不懂他们的语言，

仍能深刻地感受到他们的热情。

在我的面前争相表演，

跳一支舞，翻一个筋斗。

只要在他们表演结束后竖起拇指说一声"达蹦"，

就会像受到最高规格表彰一样欣喜若狂。

很难想象这些脆弱而顽强的生命，

如何在阴霾密布的天空下成长。

他们饱尝饥饿，困苦与战火，

在生存的底线寻求一丝慰藉。

我不知道他们的童年是否幸福，

但可以肯定的是他们自由快乐。

我想我是真的爱上了这里的土地和人民，

在看见这些美丽的黑色的小天使之后，

在听见这些纯真的能让人落泪的声音之后。

我不知道他们是否会像他们的父辈一样，

长大后拿起武器去杀死另一个地区的同胞兄弟。

但愿这可怕的阴霾能从此散去，

让阳光重新照耀这块令我深深眷恋的土地。

2008 年 11 月 3 日写于洛比托贫民窟

安哥拉的地雷

　　了解安哥拉的朋友都知道这个国家有几大特色：石油、黑木雕、象牙、地雷。关于地雷，我在我的小说里有过很多的描写，尤其是大桑托斯被地雷炸断了一条腿的情节，算是小说的核心事件之一，我花费了很大的精力和篇幅去描写，看过的朋友常常对我说："你这段写得真棒，太真实了，心都被你揪住，让人透不过气来！对了，你不会真被地雷炸到过吧？"我当然没那么背，但是小说中所描写的事件是的的确确发生过的，而且是发生在我们同事的身上，虽然我没有亲身经历，但总是听其他同事说起，口耳相传，再经过一番绘声绘色地描述，俨然充满了传奇色彩。这么好的素材，我毫不犹豫拿来写进了小说。所以我在这里把真实的事件重新还原一下，因为地雷一定程度上已经成了这个国家的象征，你不提地雷，都不好意思说自己来过安哥拉。

　　安哥拉为什么会有那么多地雷？对安哥拉历史有所了解的人都知道，这个国家从前是葡萄牙的殖民地，葡萄牙人在这块土地上统治了有四五百年的时间，到了 20 世纪 60 年代初，安哥拉人开始了独立战

战争遗留下来的弹药

争，花了十几年的时间赶走了殖民者，然后又开始了长达二十七年的
内战，打到 2002 年才把反对党的领袖萨文笔击毙，实现了全国统一。
看来外战加内战这个套餐适用于不少国家。安哥拉前前后后连续打了
四十年的仗，我在小说中曾借医生老徐之口调侃过安哥拉人打仗："一
点出息都没有，就知道一个劲地埋地雷，埋好了等着敌人来踩。"安
哥拉人在这四十年中埋下了无数颗地雷，政府统计目前还有一千两百
多万颗地雷埋在地下，如果要全部排除，至少需要五十年的时间。当

初我们公司的领导
在内外交困、工资
都快发不出的情况
下，硬着头皮揽下
了这个项目，在选
派设计人员出国
时，一听到地雷这
两个字，所有人都
不约而同地吓坏
了，装病的装病，

骷髅标志意味着此地为雷区

装可怜的装可怜，谁愿意为了挣这几个钱把命搭上。然而重赏之下必
有勇夫，总有几个要钱不要命的，譬如说我，前前后后去了六次，竟
然还奇迹般的生还，感觉就像经历了十四年抗日战争和三年解放战争
的老兵，顺带还参加了抗美援朝，竟然完好无损回到了祖国的怀抱。

　　当然，我能完成这一千多公里穿越高原丘陵、平地沼泽、草原森
林的铁路的勘察设计工作，凭的可不完全是侥幸，每次外出勘测，总
是要不停地强调安全工作，有时候下车撒尿，都要互相提醒不要走远，
当我们在野外徒步之时，除了要注意排雷兵标示出的雷区，每走一步
都需要小心谨慎，沿着前人走过的脚印，或者沿着汽车的车辙前进。
当然，这都是后来同事们传授的保命技能。记得刚到安哥拉的时候，
我还是菜鸟一只，有一次陪同一个领导外出考察，还有工程局的一帮
子领导，开了两天的车，浩浩荡荡来到库伊瓦附近，那个时候我们的
工程还远没到达这里，这次来先打个前站，调查这边的一座钢梁桥。
据说连排雷部队都还没到这里，只是派了铲车来把路基压了一轮，有

没有地雷还是个未知数。我们的车队在离钢桥还有两公里远的地方停下了，因为施工便道还没有修过去，所以我们十几个人就沿着老铁路的路基徒步走到那座著名的 750 钢桥。

我至今记得那一段漫长的两公里路程，老铁路的路基就像皮肤上凸起的一根静脉。在漫无边际的沼泽地里前行，我们发现路基上的钢轨和钢枕被拆得七零八落，破旧的道砟被清理的满地都是，有的堆在路肩上，有的滚落在布满芦苇的沼泽地里。旱季的沼泽地干涸而寂静，我们一行十几人就在这条路基上走走看看。来考察的都是领导，而我只是一个初来乍到的见习生，起先默默跟在队伍的最后，但是走着走着，一会儿有人站到路边撒尿，一会儿有人蹲下来系鞋带，一会儿有人停下来对四周的地质构造指指点点，一副很专业的样子，不知不觉间我

著名的 750 钢桥

竟然走到了队伍的最前面。前方的路基愈加破败不堪，就像加了特效一样，有的地方竟然还在冒烟！我心想如果躺上几具尸体，那就是活生生的两军交战后的战场。当我意识到自己不妙的处境之后我已经没法回头了。每当我放慢脚步，我感觉后面的人也自觉慢下来；我故意停下来欣赏风景，后面的人好像也跟着停下来耐心等我，我焦急地回头看看我们领导，企图向他求救，却发现领导在跟别人热切的交谈，一副谁打断他他咬谁的架势。这时候我心灰意冷，有种万念俱灰地感觉，每走一步都无比沉重，每走一步都像是在和这个世界告别，我全身上下冰冷刺骨，有生以来头一次体会到头皮发麻的感觉，每一声心跳都清晰可闻，我不知道下一步是不是就会"嘣"的一声，甚至在想会不会很疼，会不会很快就没什么感觉。但我还是必须故作镇静，装出气定神闲的样子，毕竟领导特意叮嘱了：可千万不能给咱公司丢脸。

我已经忘了是如何抵达 750 钢桥的，只记得到了以后有人问我咋不去拍照，我说走累了，歇会儿，其实是腿有那么一点点软。后来回到营地后，领导特意把我叫过去狠狠批评了一顿，说你是缺心眼还是脑子不好使啊，走在第一个有多危险你知道吗？噼里啪啦说了一大堆，我从他的语气里只听出一句潜台词：你要是被炸死了会给我惹多大麻烦你知道吗？

没错，要是真被炸死了确实是要给领导惹不少麻烦。

排雷部队排出的大量地雷

黑人踩中地雷这个

事发生在 2006 年，那时候我们的队伍刚刚进场，虽然说对于地雷大家都有所耳闻，但终究是没有见识过真家伙的厉害，总感觉地雷就应该只会出现在电视剧里面，况且这么倒霉的事情，也不可能轮到自己头上吧。排雷部队工作进度缓慢，工期又压得人喘不过气来，为了赶工程进度，测量工作快速推进，有时候今天在这个地段勘测，第二天过来发现被排雷部队划成了雷区，看着栅栏上迎风招展的骷髅小旗子，所有人都直冒冷汗。

有一天，测量工班照例外出工作，领队的是个高工，大家叫他祥哥。祥哥有着一张黝黑的大饼脸，架着一副金属框眼镜，个头不高，头发经常脏得发亮，四十多岁了还没媳妇，但是测量知识相当精深，经常看他娴熟地摆弄着各种复杂的仪器。这天祥哥带着几个工人还有两个

路上可以遇见坦克调运

当地的黑人劳务去做 GPS 放样。这两个黑人都是从当地的村庄里雇佣来的，力气大，价格低廉，每天给他们 100 宽扎的工资，按照当时的汇率相当于 10 元人民币左右。他们主要的工作就是扛沉重的仪器。祥哥带着一群人在山路上行走，走着走着突然发现鞋带散了，于是蹲下去系鞋带，这时跟在他后面的黑人超过他走到了前头，祥哥刚系完鞋带抬起头，突然间"轰"的一声，前面的山路炸开了花，强烈的气流把所有人掀翻在地，根据后来祥哥自己的描述，他的脸上和眼镜上都是细碎的人肉在往下流淌，整个人坐倒在地上，脑子嗡嗡作响，整个世界都是血红的。祥哥说他把眼镜摘下来，哆嗦着抹了一把脸，看着手上浓稠的鲜血，彻底吓懵了。然而，这并不妨碍祥哥从此成为我们公司的传奇人物。

后来，大家七手八脚地把这个黑人弄上车送去医院救治，我们的两个领导闻讯赶来处理善后，这个黑人终究因为伤势过重没有救过来，后来警察赶来，怀疑是我们的测量仪器引发的爆炸，于是把两个领导逮捕起来，关了整整十二个小时，直到弄清是地雷爆炸所致，才把人给放了。

这件事情之后，所有人情绪激动，无心干活，哭着吵着要回国看家人，无论领导怎么安抚，说什么都不肯再干了。后来院领导得知消息，下令工程暂停，所有人撤回，等待排雷部队先把雷排干净再说。工程就这样一停大半年，等到第二年雨季结束的时候才重新开张。这次进场，吸取了以前的教训，再也不敢贪进度而贸然前进了，必须先得拿到排雷确认书，然后由工程局的挖机上去来回碾压几遍才敢上人。于是后面除了炸坏几辆挖机之外，就再也没有人因为地雷而送命了。

后来，我在小说中把这件事情几乎原封不动地写了进去，连细节

排出的炮弹

都丝毫不差，唯一的区别就是踩中地雷的大桑托斯并没有被炸死，出于对这个角色的喜爱，又出于对他背叛玛莲娜的惩罚，我只是让他炸断了一条腿。但这确实是安哥拉社会的一个缩影，每年都有人因为地雷而丧生，或者残疾，有时候你会看到只有一条腿的老人、小孩，他们挂着拐杖，领着救济金，艰苦地生存着。这是战争留给这个国家的创伤，不论内在还是外在，不会随着时间的推移就被抚平。

在非洲过年

从 2008 年到 2014 年，七个年头几乎每年都要往安哥拉跑一趟，基本都是上半年过来，年底回国过年，为期六个月，过完年之后又再来。只有 2008 年到 2009 年这个春节，是在安哥拉过的。

那一年大概 6 月到的安哥拉，走之前领导对我们说，12 月份就让我们回国休假，尽管放心。结果到了 12 月后，一拖一个月，一个月又一个月，开始承诺年底回，后来保证过年前一定回，最后说项目部有困难，希望大家牺牲一下，过了年马上回。到最后开始心理失衡，满怀怨恨，怒气冲冲，对周围充满了不信任，眼看就要"变态"了，领导发觉苗头不对，第二年 3 月总算放我回国了。

现在回想起来，当时的煎熬早已淡忘，后来跟朋友们聊天，竟然有种自鸣得意的感觉，老子还在非洲过了个年！这说起来多拽，可是他们不知道这背后的辛酸。

那年将近年关的时候，许多同事任职期满，陆陆续续回国，而我则被告知年后才能回，更凄惨的是因为在前方测量的同事回国了，必须要有人去顶替。于是送走了同事之后，我就被发配到了远在千里之外的库恩巴，临走前领导说，完成那一测段的测量工作，就回本格拉基地，一起热热闹闹过个年。

　　年轻单纯的我就这样一次次的被忽悠来忽悠去。

　　到了库恩巴，发现根本不是想象中的那样。当时正值雨季，几乎每天都是狂风暴雨，住在漏雨的帐篷里，听着脸盆里叮叮当当的雨水声，躺在吱吱作响的钢架床上，盯着不停摇晃的发霉的帐篷顶，时刻都在担心这顶帐篷会不会被暴雨卷走。而测量工作也是时断时续，好不容易盼到一个晴天，车子一出门就陷在了烂泥路里，电话也没有信号，只好步行几公里回来向施工队求救。施工队派了辆挖机过去，还没到跟前，"吭哧"也给陷住了，只好再次跑去求救。大家就这样跑来跑去，

正在用挖机拖出陷在泥中的车辆

折腾一天，拖着满身泥水的疲惫的身体回到基地，然后第二天又开始下雨。

勘测设计工作就这样缓慢地进行着，但那时大家都是齐心合力，能多干一点就多干一点，没有一丝偷懒的念头，而且越到后面条件越是艰苦，有时雨太大，水车上不来，水一断就是一个礼拜，没水洗脸洗脚洗衣服，在外头跑一天，脏兮兮的裹着被子就睡了。不过也没有人喊苦，只因为大家心中都有一个信念支持着：干完回本格拉过年。中国人过年的团圆情结真是让人叹为观止，知道回国已经没戏，退而求其次，再怎么样也得回基地过年啊，至少还能和所有同事一起吃个团圆饭，要是在这荒山野岭的地方过年，那算个什么事。

功夫不负有心人，快到小年的时候，我们总算把工作全部完成了，所有人都沉浸在即将回本格拉过年的喜悦之中。然而很快噩耗传来，领导指示，为了不让大家舟车劳顿，为过个年而奔波几千里，路上还要浪费四五天的时间，所以让大家安心在工地过年，过完年之后立刻投入新一测段的勘察工作，届时领导还会来工地慰问。

这简直就是晴天霹雳！

中国人为了过年向来是不择手段的，别说几千里了，几万里都不放在眼里，如今把我们无情地抛弃在这荒山野岭，一个月来支撑着我们的信念轰然倒塌，所有人都有种万念俱灰的感觉，甚至觉得人生一下子了无生趣，没有意义了。工班长老徐不停地安慰下面的年轻人，说在哪儿过年还不是一样，兄弟几个能坐在一起喝酒就是最好的，反正也看不到春晚，再说春晚有毛好看的。

腊月二十八，工程局队上办了个自助餐，算是过年前的小聚，丰盛的菜肴将我们的幽怨一扫而光。桌上堆满了整只整只的烤鸡，蒲扇

大的猪耳朵，胳膊般长
短的猪脚，不禁让人怀
疑厨师的菜刀是不是弄
丢了。我一个人就提了
一只烤鸡和一只猪耳朵
回去，大家把熟食堆在
塑料方桌上，一同围坐
在帐篷的烂泥地里，吹
牛谈天，把酒言欢。这

工作人员正在野外勘测

是一个月来最让人满足的一顿晚餐。

　　第二天我们一觉睡到中午，突然听见帐篷外面隆隆的汽车马达声，起来一看原来是驻卢埃纳的陈书记来了，他站在院子中央朝我们喊："兄弟们，收拾东西，跟我到卢埃纳过年，赶紧的！"大家此时就如同服了三十年苦役的犯人接到赦免通知一般，一时间竟然茫然不知所措，激动，喜悦，痛苦，迷茫，霎时间百感交集，老泪纵横，就差扑过去抱住书记的腿喊"亲人"了。紧接着陈书记继续开车去通知库恩巴的钻探工班，我们则手忙脚乱地收拾行李。吃过中饭，一行三辆皮卡车组成的车队就由萨温吉拉出发，前往遥远的卢埃纳。

　　萨温吉拉到卢埃纳，这是一段无比艰苦的路程。总共四五百里路，中间大多是无人区，没有公路，只有一条烂得不成样子的施工便道。我们工班的两辆车一路不停地被陷在泥里，书记的车就专门负责把车拉出来。除了三个司机，大家谁都不抱怨，每当车陷住了，就下来抽根烟，聊聊天，看看风景，一来心情好，二来也习惯了。几个司机动作娴熟地把拉车带挂上，两台车在前面拉，都挂上四驱，听指挥的一声令下，三辆车一起踩动油门，一股离合器的焦味扑鼻而来，只见陷在泥潭里的那辆车车身猛地一抖，一下子蹿了出来。

雨季中的比耶高原的广袤丛林里，空旷寂寥，没有一丝动物的声音。太阳落山之后，我们在黑暗中摸索着前行，几道微弱的车灯，就像牵着我们前进的救命绳索，有时候迷了路，大家下来打着手电找寻地上的车辙，找见之后又继续上路。大约七点多钟的时候，远处地平线上露出了一条狭长的微光，那是卢埃纳的万家灯火，有人已经忍不住叫了出来。

第二天就是年三十，大家终于可以舒舒服服地洗个澡了，穿上干净的衣服裤子，刮干净脸上的胡茬，一个个打扮得人模狗样。有个同事还从箱子里翻出了去年过年的存货，是从国内带过来的，有瓜子、核桃，还有花生，虽然都已经受潮，但一下子多了些许年味。跟我们住一起的罗铁公司，还送了我们两幅春联，贴到门上，新的一年红红火火。中午的时候，国内正好是年夜饭时间，我用慢到极点的网络跟国内的父母进行了一次奢侈的视频聊天，送上我的新年祝福，当然视频只持续了两秒钟就卡住了，看着卡住不动的父母的画面，内心依然无比的满足。

两个厨师，老马和小李，一大早就忙得不可开交，我们也跑去帮忙洗菜、包饺子。到了开饭时间，整治出满满两大桌菜肴，虽然有花生、罐头和真空包装的食品充数，但依旧让人惊叹不已。开席之后，领导讲话，然后大家就相互敬酒，喝掉的各种酒不计其数，桌上杯盘狼藉，混乱不堪，有人拿来相机使劲拍照，可惜当时没有微博和微信，否则转发量一定惊人。

年夜饭一直持续到午夜，大家三两成群坐在一起聊天，有的在酒桌上，有的站在门口，有的坐在走廊的地板上，聊着聊着就会有人大喊一声："来！干了！"还有几个人抱在一起，不知为了什么事抱头痛哭。在这样一个奇特的除夕之夜，没有家人的陪伴，没有春晚，一帮大老爷们儿聚在一起喝酒谈天，诉说衷肠，这是怎样一幅奇特而又让人难以忘怀的画面！给我们打杂的黑人肯定认为这帮中国人是疯了，什么事情喝酒竟然可以喝成这样。

第二天大家从醉生梦死中清醒过来，互相祝贺新年，中午又有一顿丰盛的大餐，还下了饺子，这个年过得可算圆满了。

过完年之后，我们在卢埃纳休整了两天，大年初三一早，便出发回到了萨温吉拉，开始了新一测段的勘察设计工作。临走前领导对我说："好好干，干完这一段，马上就安排你回国。"

好吧，我且再信一次。

卡宾达

安哥拉这个国家一共有 18 个行省，其中有一个省叫卡宾达，是安哥拉的一块飞地，类似于美国的拉斯维加斯。卡宾达省位于安哥拉本土的西北角，刚果河大西洋入海口的北岸，西濒大西洋，夹在两个刚果中间，与本土隔着刚果（金）遥遥相望。卡宾达面积不大，七千多平方公里，比上海市稍大一点，但不要小看了这巴掌大的弹丸之地，安哥拉是一个以出口石油为生的国家，其中 70% 的石油产于卡宾达，因此，当年安哥拉解放战争的时候，西非诸国之间的关系错综复杂，政治斗争波诡云谲，然而安哥拉的领导人从始至终都能够牢牢抓住自己国家的命根子，这给如今安哥拉的经济复苏打下了坚实的基础。卡宾达除了出产石油，还有著名的卡宾达木，品质仅次于黑木，经常被刷成黑色放到工艺品市场上谎称黑木来欺骗不懂行的中国人。因此卡宾达可谓是安哥拉的风水宝地，经济命脉。但由于其飞地的"身份"，没有直达的陆路交通，只能乘坐飞机前往，所以多数去过安哥拉的朋友都没能到卡宾达。而我由于工作的关系，在 2013 年的 10 月，曾有幸到卡宾达做了为期两天的考察，中间还坐了一趟军用飞机。多年过去了，回想起这段经历还挺有意思，因此我打算趁记忆力还未衰退的时候把这些事情记录下来。

当时我们公司设计的本格拉铁路已接近通车，剩下不多的施工配合工作。为了日后的发展，我们的工作重心慢慢从本格拉转移到了罗安达。在罗安达可以接触到形形色色的达官显贵，安哥拉以军事立国，他们与毛主席一样坚信枪杆子里出政权，所以在一定程度上，安哥拉的军人可以说掌握着这个国家的实权。我们一千多公里的铁路修复工程，就是和安哥拉的一个将军签下的合同，我们与安哥拉军方的合作一直非常愉快。经人引荐，我们在罗安达认识了一个海军将军，据说是总统的弟弟，执掌全国海军，算是安哥拉实权派的三把手，他亲自开着一辆路虎来我们公司开会，带着两个西装革履的秘书，自己身穿一件花花绿绿的休闲 T 恤，身材矮胖，满脸横肉，但说起话来却出人意料的随和。他说他在卡宾达的海军有两个项目要我们帮忙，让我们有空去考察一下，钱不是问题。很快，出于对"钱不是问题"这句话的承诺，高层们就合作事宜达成了一致。会后将军得知我们正在寻找土地建造办公楼，就十分热情地开上路虎带着我们去看地，车队停在外环高速的南边，将军叉着腰指着一望无际的土地对我们说："这些土地都是我的，随便挑，内部价。"

第二天，我们带着行李来到罗安达的军用机场，原本领导提议自己买票坐民航飞机过去，但是将军为了显示他的诚意，执意要带我们去坐军用飞机，军用飞机我在第一次来安哥拉的时候就体验过一次，滋味并不怎么好受，但对方如此真诚，我们也不好拒绝。果然，还没上飞机就遇到了麻烦，乘坐飞机的大多数为普通军人和军人家属，人数众多，行李大包小包，还有人赶着一群羊。我们好不容易挤上了飞机，又被一个"薛飞"（葡萄牙语领导的意思）赶了下来，后来将军赶到，说明了我们的身份，这才让我们上去，将军带着我们最大的领导去坐头等舱，我们其他人就跟着黑人挤一块儿。机舱里没有座位，有人坐在行李上面，有人坐在地上，身体强壮的黑人士兵就像坐公交车一样拉着扶手站着。机舱里装了一辆中巴车，里面坐满了黑人，其中一个黑人小伙儿看见我就像见了亲人一样激动，一个劲地朝我招手，说里面还有座位。我向来不善于拒绝这种诚意的邀请，几番斟酌还是钻进了这个臭烘烘的车厢。事实证明这个决定还是太过草率，飞机起飞之后机身颠簸厉害，然而飞机抖一抖，中巴抖三抖，再加上机舱内本就污浊的空气，混杂着中巴车的汽油味和黑人浓烈的体臭，让我脸色苍白，翻江倒海，搞不清楚是晕机还是晕车。

经过一个小时的飞行，飞机抵达与卡宾达同名的省会城市，跟安哥拉其他城市一样，这座大西洋海边的石油之城由一小块格调高雅的老城区和一大片房屋低矮密集的贫民窟组成，烈日当头，将军招呼来几辆专车，带着我们去吃当地的中餐馆。一路上穿过卡宾达的主干道，街道两旁掩映着高大的棕榈树，没有什么商铺，多是一些银行和旅馆，往来的行人在树荫下川流不息，还有刚放学的成群结队的学生。中餐馆的老板娘是一个福建人，热情大方，跟将军很是熟稔，看来将军是这里的常客。然而这个将军并不喜爱吃中餐，点了一桌子菜他从头到尾没有碰过一下，桌上领导们谈笑风生，他自己单独点了一份鸡腿饭坐在靠门口的位置上默默地吃着。他的助理敬起酒来倒是毫不含糊，说这都是跟中国人学的，喝酒好办事，而且还懂得什么叫作发财酒，这最后几滴发财酒非得要倒给领导不可。

卡宾达的贫民窟

　　酒足饭饱之后当然就得开始谈正事，将军带我们穿过一片居民区来到不远处的海边，这片海滩地势开阔，沙粒粗糙，还有一些裸露的岩石。从我们过来的位置，修了一条四十多米宽的双车道水泥路，直挺挺的一直通到海水拍打的岸边。将军说："你们看，路我已经修好了，现在就差个码头，你们来给我造，将来是要停靠军舰的，坦克装甲车都要往这上面跑。"领头的大领导看看我们领导，我们领导看看我，我转过头去望着波涛汹涌的大西洋，烈日下波光粼粼，甚是刺眼，几只海鸟贴着海面掠过，发出几声怪叫，声音中带着一丝嘲讽，很快便消失在了视野之中。领头的大领导对将军说："修码头是我们的看家本领，找我们是找对人了，这个项目很小，但是麻雀虽小五脏俱全，各种机械一样都不能少，不过这些设备现在都在国内，如果要海运过来，成本上可能会高一些。"将军听了很高兴，再次强调了一遍说钱不是问题，然后马不停蹄带着我们去往下一个项目。

给我们开车的是一个阳光帅气的葡萄牙小伙子，他在卡宾达的一所大学教书，被将军聘为顾问，我们五个人挤在一辆小皮卡车上，车子从城区开往郊外，沿着海边一条破旧的土路飞驰，开往卡宾达以北的海军营房。这位"印第安纳琼斯"车技了得，在这颠簸的土路上也可以飚到120公里，车上没有空调，我们把窗户摇下来，风吹得人睁不开眼睛。坐在副驾上体态肥硕的工程部部长吓得大呼小叫，脸色苍白，不停地打手势让小伙子开慢点，他一边擦汗一边跟我们说这副驾是车上死亡率最高的位置，一旦出车祸，75%的概率就死球了。我说："部长，要不我们还是换换吧。"他摆摆手说："这不算啥，当年在麦加修轻轨，坐一个穆斯林哥们儿的跑车，车速开到200码，他两只脚架在方向盘上，手枕着脑袋，抽着雪茄，问我要不要来一口。我说，'兄弟，求你了，我家里还有妻子孩子。'那穆斯林说，'兄弟，我们这样开着跑车抽着雪茄，一边享受着人生一边去见真主安拉，这是多么美妙的一件事情啊！'我说，'兄弟，这是没错，但问题是安拉认识你不认识我啊！'"

卡宾达海军的营房位于城区以北不远的一座临海的小山头上，上山的道路蜿蜒曲折，两旁树木茂密，甚是隐蔽。穿过几道关口之后，我们来到山顶的平地，卡宾达海军的营房就沿着地形建在上面。这个平顶地势险要，是附近的制高点，站在瞭望台上，周围海面的一举一动尽收眼底，平顶的另外三面陡峭异常，易守难攻，只有一条不到一米的土路通往不远处的海

军营中简陋的健身房

滩。将军指着其中一边已经塌了一半的边坡说："这个地方再塌下去就要威胁到我们的营房了，所以你们得想想办法，把这个边坡给我加固一下。"领导答复他说："你又找对人了，处理这种边坡是我们的拿手好戏，在我们中国，塌得比这厉害的多得去了，回去之后我们拿出几个方案和报价供你挑选，就是可能价格方面会稍微高一点，因为毕竟设备得从中国运过来。"将军听了依旧十分高兴，带着我们参观他们的军营。军营破败不堪，估计是有些年代了，院子里七零八落的晒着衣服和被子，坐在房间里打牌看电视的士兵显然对将军的到来没有丝毫准备，赤着上身慌张地站起来向将军行礼。穿过大堂和院子，后面是一排用水泥砖砌成的简易平房，最头上一间是厨房，里面一个黑人正在用餐，吃的是我们中国人所谓的"黑人饭"——一种视觉上十分恶心的不知是什么料拌的鸡肉饭。隔壁是一间简易的健身房，再边上是一个猪圈，一头漆黑的母猪带着几只漆黑的小猪正在喝地上的脏水。军营的最后面是一间厕所兼浴室，房子门前有一座水塔和一棵巨大的橡树，一个黑人士兵正拎着一个桶在树下冲凉，见到将军，立

刻光着身子行了一个军礼。

　　第一天的行程就这样完美结束，晚上将军宴请我们去吃自助西餐，席间领导一边品着红酒一边跟将军说："等我们把价格报过来，你拿到你哥面前去一签字，我们的合作就成了！"将军笑得合不拢嘴，说："你尽管放心，这种小项目都不需要我哥签字，拿去国会让他们通过一下就行了，放在今年的国防开支里面。"

　　晚饭之后，将军把我们送到旅馆，这家旅馆也是他的产业，放在安哥拉算得上是四星级标准，一个晚上大约 300 美元的价格。他给我们六人每人开了一个房间，说明天他有事就不作陪了，让他的助理全程陪同。将军离开之后，我们入住了各自

旅馆窗外的教堂

的房间，说实话，在安哥拉这么多年，住惯了板房和帐篷，从来没有住过这么高档的地方，宽大敞亮的卧室，独立的卫生间，拉开窗帘能够看到不远处高耸的天主教堂，房间里挂着彩电，虽然只能收到两个安哥拉本地的电视台，但这已经足够我吹两年的了，要知道以前公司领导来慰问，只有院长或者董事长级别才能享受到这样的待遇。唯一美中不足的是蚊子太多，而且非洲没有蚊香和蚊帐这种东西，幸好房间里有空调，我就躲进被子里，温度调到最低，想着把蚊子全部冻死。

　　第二天一早，阳光明媚，将军的助理早早就来到宾馆来迎接我们。

他带着我们去一家茶餐厅用早餐，这家餐厅装饰考究，座椅全是宽大的足以用来睡觉的真皮沙发，不少西装革履的黑人一边喝着咖啡一边看着报纸，在清晨的阳光下显得悠闲自在。我要了一份三明治和热牛奶，牛奶的味道很是奇怪，跟国内加了某些化学成分的牛奶风格迥异，我喝了半杯实在喝不下去，只好作罢。

　　用完早餐，我们出发前往热带雨林，去考察几个密林深处的采石场，了解一下卡宾达这边沙石料的价格，以便回去做工程报价。安哥拉这个国家地处热带，但是西部沿海地区属于海洋性气候，往东属于内陆高原，是典型的非洲草原气候。高原上虽然也有大片望不到边的树林，但树的品类大多低矮猥琐，所以我在安哥拉这么多年，从来没有见过真正的热带雨林。卡宾达位置更加靠近赤道，海拔也更低，再加上丰沛的雨水，就形成了卡宾达东部茂密的热带雨林。在向导的带

卡宾达的热带雨林

领下，我们的车队在高大
的树林中穿梭，道路时断
时续，有时迷路，有时得
下车把挡路的树枝砍掉。
树林外太阳毒辣，里面却
光线昏暗，拍起照来经常
快门过慢，拍出来一片模
糊。同事拿着刀子抱着一
棵挺拔粗壮高耸入云的大
树猛刮，我问他这是什么
病犯了，他说我是个呆子，
"猛东东"都不知道，这
叫桉树，卡宾达的桉树皮
可是好东西，煮起来喝可
以壮阳，让我也带点回去。

　　要不是向导的指引，
恐怕没人知道这样人迹罕
至的森林里会有采石场，
而且还不止一个。采石场
位于半山腰上，大老远就
可以听见机器巨大的轰鸣
声，远远望去，采石场把
这座绿色的小山丘切出了
一个白色的伤口，白色的

向导带着我们在热带雨林中探索

石块和沙土像血液一般流出，通过传送带源源不断地流入堆场，成为一堆堆价格昂贵的工程材料。老板对我们的来访感到十分诧异，带我们参观了各种不同粗细的石料，对他们产品的品质和产量十分自信，同时又不停地问我们需要多少，送到哪里去，现金还是刷卡。现在项目八字还没一撇，当然不搭理他们，领导也遮遮掩掩，说"再看看，再看看"，就离开前往下一家去了。

当我们灰头土脸地从热带雨林里钻出来回到旅馆时已经下午三点多钟，带队的大领导说我们坐晚上的飞机回罗安达，现在还有点事要办，让我们收拾收拾，准备返程。我行李不多，两下收拾完了，心想难得来一趟，总得去街上逛逛，于是背上项目部的相机独自一人出去采风。下楼撞见我们领导，问我去哪，我说附近转转，领导眼睛直勾勾地盯着相机说："这相机……很危险啊，要是碰到抢劫，要不还是别去了吧。"我说没事，很快就回来，风一样的就跑出了宾馆。

宾馆出门右拐走上两个路口，就到了宾馆后窗看出去的那座小教堂了。教堂前面有一个石块砌成的广场，两边各立着一排姿态各异的天使铜像，广场中间耸立着圣母像，圣母双手合十，低头祈祷，庄严而神秘。广场上游荡着三三两两的当地人，还有一个卖手工艺品的地摊，卖的全是各式各样的

教堂广场上吹奏乐器的天使

午后的教堂

卡宾达街头

木雕，基本都是卡宾达木，老板是个留着山羊胡子的老头，坐在地上
对我不理不睬，估计看我样子就不像是个有钱人。我拾级而上，来到
广场尽头的小教堂前，这座教堂由一座高耸的塔楼和一间礼拜堂组成，
安哥拉有很多这样的教堂，但带广场的还真是少见。午后的街道两边
停满了汽车，没有什么行人，太阳虽已西斜但依旧十分毒辣，于是我

在教堂前稍稍逗留了几分钟，拍了几张照片就回到了宾馆。

晚上，将军又提出安排军用飞机送我们回罗安达，这次我们非常决绝的坚持自己买民航的机票回去，将军也就不再强求，派了一位下属一路护送我们回去。有了将军的这位下属，我们的旅途一下子变得非常愉快，不仅可以在有沙发、电视、免费咖啡供应的 VIP 候机室里休息，安检的时候还能避免被敲诈勒索。在平时，机场的工作人员一看见中国人就像看见地上掉了钱一样，冲过来就要检查我们的行李，然而这回将军的这位下属就会快速走过来强调我们是将军邀请的贵宾，然后把这些人狠狠训斥一顿，多么大快人心。

晚上十点多钟，我们回到了罗安达，结束了为期两天的卡宾达之行。至于这两个项目，后来也都杳无音讯，有人说是将军心太黑，把价格报得太高，也有人说总统对中国人失去了信任，不想再把这类国防项目交给中国企业。总之不管怎样，这应该是我第一次也是最后一次去卡宾达了。

木苏里岛

　　关于安哥拉，朋友们关注度比较高的一个问题是：安哥拉的风景如何。在大家的心目中，作为一个非洲国家，各种生活条件物质条件那必须是不咋地的，但是说起自然风光，异域风情，应该是值得一玩的。针对这种普遍存在的误区，我在这里用纯正的葡萄牙语作一个回答：安哥拉的风景，闹达蹦！闹达蹦就是不好，为什么说闹达蹦？一个原因是安哥拉政府不注重旅游开发，很多地方其实景色还是不错的，例如马兰热瀑布，雨季的时候去，河水倾泻而下如万马奔腾，还有我小说中花了不少笔墨描写的库恩巴大瀑布，我在那里住过一个多月，景色相当不错，但是去到那里的道路蜿蜒坎坷，崎岖难行，连条像样的公路都没有，一个来回要花上几天时间。如果你大老远去趟非洲，花上几天时间去看瀑布，那只能说明你脑子有坏掉的迹象。另一个原因是开发出来的景点非常单一，除了海滩还是海滩，洛比托半岛海滩、罗安达半岛海滩、本格拉蓝色海滩，还有我们基地后面的小渔村海滩。到安哥拉的头几年还有兴趣去海边走走，到了后来完全麻木了，我们领导喜欢游泳，一有时间就喊我们去海边，开始应者云集，后来去的人越来越少，到最后就是固定的一两个人陪着领导游泳。我们问他怎么游不腻呢？同事一脸委屈地说："要是突然不去了，不知道会不会扣我奖金。"所以每当朋友咨询我安哥拉的旅游签怎么签的时候，我就会赶紧打消他的念头，有这钱干什么不好，没必要就这么糟蹋了。不过，2015年到安哥拉出差的时候，去了罗安达一个叫木苏里岛的景点，虽然也还是海滩风光，但开发得还不错，也少许改变了一点我对安哥拉旅游业的看法，后来左翻右翻我的稿子，发现竟然没有一篇是正儿八经关于旅游的，所以就把这个木苏里岛拿来随便说说。

这一次是兄弟单位热情相邀，推辞不掉，所以才有了木苏里岛之行。木苏里岛位于罗安达市西南沿海，离海岸大概五六公里水程的样子。那天我们一行八九个人，开车沿着著名的桑巴大道往南，快到塔拉道

木苏里岛上的酒店

纳区的地方拐向海边，那里有一个规模不小的码头，远远看去，栈桥两边停着两条中等大小的游轮。晴空万里，烈日当头，游人络绎不绝，码头有一片规模很大的停车场，车还没停好，就围上来一群黑人，有的贩卖饮料，有的抢着给你擦车，有的是开小黑艇的船夫，这情景跟国内也相差不多。好在兄弟单位有几个精通葡萄牙语的美女翻译，她们跑到游艇的售票窗口，发现没有票了，又跑去跟那些开小黑艇的船夫们交涉，经过一番讨价还价，最终以每人 700 宽扎的价格成交。

　　所谓小黑艇，就是那种烧柴油的非常小的没有营业执照的快艇，倒是能装不少人，我们八九个人穿了救生衣坐上去，快艇突突突地载

着我们在海上开了一刻钟就到了岛上，下了船，大家相视而笑，猛烈的海风给每个人都吹了个狂野的发型，在海滩上合了个影，大家就开始自由活动。木苏里岛面积不大，但是一圈转过

酒店里的餐厅

来也需要花上不少时间，岛上有一家叫作 MOKORO 的海边餐厅，坐落在沙滩上，椰林掩映，跟本格拉铁路局那家自助餐厅的风格类似。餐厅靠海的部分是露天的，木质的地板、栅栏、桌椅，每桌配一个太阳伞，餐厅的主体部分盖着一个巨大的呈金字塔状的茅草顶棚，很有非洲特色，乍一眼看去风格原始，结构粗糙，但仔细看这个茅草顶棚的构造确实让人叹为观止，无论是木头支架的搭配组合，还是上面厚厚茅草的用料，都十分专业和考究，如此一来，整个餐厅没有墙壁的

阻隔，虽然外面烈日炎炎，但餐厅里面却通透凉爽，十分惬意。这个时间段没有一个游人，这是到安哥拉旅游的一大好处，一不小心就享受了包场的待遇。我们挑了个最靠海边的位置，去里面的吧台点了杯饮料坐下来喝，兄弟单位的美女翻译们负责点餐，说这边就是上菜速度太慢，点好菜至少要一个半小时才能上来，主要是因为西餐和中餐不同，中餐的话上来一个菜大家一起吃，边吃边等那就不觉得慢了，而西餐是一人一份的，需要把所有人的都做好才能一起端上来，否则先上一份的话，所有人看着一个人吃，那就比较尴尬了。

领导们坐在那里一边喝饮料一边吹牛谈天，我们几个趴在栅栏上喝饮料，眺望不远处的椰林和沙滩。沙滩上整整齐齐摆了四五排沙滩椅和蘑菇状的茅草太阳伞，设施崭新而整洁，整个沙滩空无一人，不远处走过来三个当地妇女，手上拿着、头上顶着一大包当地特色的服饰，她们走到我们这群唯一的顾客面前热情地向我们兜售。这些服饰五颜六色，与其说是服饰，不如说就是一块布料，当地的妇女把这一大块布往身上一裹，像和服一样，就是背后少个枕头，这种民族服饰在安哥拉的街头随处可见。我们摸摸布料，一致认为这手艺跟我们国家的丝绸差老鼻子远了，但是几个同事仍然本着见到美女就要聊聊的原则，愉快地跟她们砍起价来。

喝完饮料，我独自往餐厅深处慢慢闲逛，走过大堂就是吧台，黑人小伙服务员彬彬有礼，完全不介意我对他们的陈设四处拍照。这家餐厅最让我赞叹的地方在于他们丰富的木质摆件：有雕像，有木质画、木质果盆、木支架台灯、酒柜，有类似烟灰缸的东西，还有乌黑发亮扭曲如蛇的黑木细枝摆件。这些木制品风格粗犷神秘，野性而大胆的线条交织勾勒，充满了浓郁的非洲风情。不过有意思的是，在这些摆

兜售当地特色服饰的妇女

件之中还有一座木质的佛像，放在主厅的台阶处，一看就来自东方，也许这家店的老板是个佛教徒，又或者是老板来自东方的朋友赠送的开业贺礼。当然这些不得而知，只是我的猜测罢了。转出大厅，侧面是一个泳池，泳池底面的瓷砖别出心裁地做成了绿色，使得池水看起来一片翠绿。泳池两边是各种休息娱乐设施，可以让客人举办泳池派对，我们就像一群不怕丢人的土鳖一样挨个躺到这些设施里拍照留念。离开泳池，后面是一圈联排沙地别墅组成的大院子，院子中间是一个

酒店吧台边年轻的酒保

人工池塘，我们过去的时候池子里面还没有水，正在修缮之中，一个白人领着三四个黑人在干涸的池子里低头劳作。我沿着边上的别墅散步，这些别墅都是一层高，修建一新，风格不一，显然是为了满足客人不同房型、不同风格的需要。小别墅的前面，用木头栅栏围出一个小院子，院子里摆了一套铁艺的圆桌椅，院子的顶上盖了一个细树枝拼成的顶棚，稀稀疏疏，并不防雨，我猜想是为了以后种植一些爬藤类的绿植。这时的阳光透过椰树和棚顶照射进来，光线像一排金色的挂面平铺在院子里的桌椅和地板上，这种宁静平和，美得让人无法抵挡。我拉开一张椅子坐进去感受了几分钟，海风拂面，阳光随着时间的倾斜爬过肌肤，思绪沉醉，一下子就远离了对岸那座拥挤肮脏充满罪恶的城市，这确实是一个世外桃源，远离纷扰，只是不知道在这住一晚要多少宽扎。跟世界上所有的大城市一样，罗安达是富人的天堂、穷人的地狱：有钱人可以住着最奢华的海滨别墅，开着拉风的跑车，喝着高级的红酒；而穷人只能生活在拥挤肮脏的贫民窟，过着朝不保夕的生活。年轻的时候

沐浴在阳光中的别墅庭院

想不通，愤愤不平，现在坦然接受，并视为这个世界的普遍法则，并不是我妥协了，而是看清了，这是人类文明的顽疾，从诞生之初到灭亡的最后一秒，贯穿始终并且无药可救。

　　到了开饭时间，服务生陆续端上来各类烧烤，有海里的也有山里的，种类繁多，我怀疑安哥拉厨师国家等级考试的内容就是：科目一烤牛肉，科目二烤羊肉，科目三烤海鲜。三样烤完发证上岗，就是这么任性。虽然单调了点，而且我也不擅长品评这类口味偏重的美食，但可以肯定的是他们的食材绝对卫生新鲜，用的都是上好的橄榄油，新鲜的肉类，口感绝佳，芳香四溢，再配上一扎冰镇的啤酒，坐在海边，面朝大海，烧烤啤酒，确是一件快事。

　　吃饱喝足，我们拍着肚皮躺在躺椅上休息了好一会儿，才有点不舍地坐船离开，圆满结束了这一天奢靡的生活。在安哥拉过了那么多年民工生活，高档的地方没去过几个，这唯一去的地方还是人家请的，说起来真有点小心酸，然而作为安哥拉的首都罗安达，确实不是一个

适宜旅游的地方，当然，如果有一天你不幸来到了这里，木苏里岛也许是一个不错的选择。

一篇悼文

　　我从来没有写过悼文，就算亲人去世我也没有专门写过一些文字来纪念，但在这里我却要动笔为一个叫不出名字的人写下这篇悼文，尽管我对这个人知之甚少，她的出生，她的性格，她的爱好，我都一无所知，然而她的去世却给我带来了无尽的悲伤，就算多年以后想起，依然使我无限惆怅，因为我确信她是一个天使。

　　2014 年 9 月，我第六次前往安哥拉，这是一次短差，大概一个月不到的时间。距离上次告别安哥拉已经有足足一年，因此多少有些新鲜，坐在车里对着窗外指指点点，和同事聊一聊安哥拉这些年的变化。聊着聊着同事语调一转，说："马工你知道吗，本格拉大院里的小阿米噶死了。"我一开始还没听清楚，问："谁死了？"同事说："就那个打扫卫生的阿米噶的女儿，你还抱过她呢，你忘了？"我长长的哦了一声，那个小女娃可爱的模样立刻浮现在我眼前，觉得有点不敢相信，我追问道："不会吧，怎么死的？"同事沉默了好一会儿，压低语调说："不知道怎么死的，就是肚子疼，也不知道是得了什么病还是吃了什么东西，反正后面就没救过来，就一天时间。唉！年轻妈妈没有经验，小孩子养不活，唉！"同事不停的叹气，我沉默无语，一脸茫然，窗外嘈杂密集的罗安达街景，倒映在车窗上，像时间一样静静消逝，悄无声息。

2008 年我刚到安哥拉的时候，这个阿米噶就在大院里打扫卫生了，每天早上她会推着一辆手推车，抄着一把笤帚沿着大院的水泥路一路扫过来，挨个把垃圾桶里的垃圾倒进手推车里。那时候正是工程大干快上的时候，院子里人丁兴旺，我们公司还向工程局借了一个大房间作为办公室，每到下午四五点钟黑人劳工下班的时间，阿米噶们会结伴回家，她们脱下脏兮兮的工作服，换上紧身火辣的时装，背着各式各样的包包从我们办公室门前鱼贯而过。她们会以不同的方式来"调戏"我们这群正在画图的中国男人，有的说一句你好，有的做一个飞吻，然后观察我们的反应取乐，这也许是她们一天当中最大的乐趣。后来工程收尾，在这边打工的阿米噶也渐渐变少，就剩下一个打扫卫生的，我不知道她的名字，但是大家都喊她"叽噶"。这当然不是她的本名，"叽噶"在葡萄牙语中是做爱的意思，我不知道这样称呼一个女人她心里会怎么想，但她似乎并没有丝毫的不悦，反而整天怡然自得，一边扫地一边哼着小调。后来有人告诉我，大家之所以叫她"叽噶"，是因为这个阿米噶风流成性，在外面有好多男人，门口那些个当兵的，和她关系也很特殊。

有一次我回国了大半年时间，再次回到本格拉，发现叽噶身上背了一个布袋子，袋子沉沉地垂着，两边各露出一只小脚丫子。叽噶还是和以前一样，推着一个小推车，抄着一把笤帚沿着大院的水泥路哗啦啦地扫过来。我把行李搬进房间，把一股霉味的被褥晾出来晒，正好叽噶推着车子过来，跟我说："阿米勾，嘟嘟蹦？"意思是：朋友，一切都好吗？我说："嘟嘟蹦。"这时叽噶背上的袋子里露出一个毛茸茸的小脑袋，一双晶莹剔透如同黑葡萄一样的眼睛，直勾勾地盯着我这个外国人。我指指她背上的小娃娃问她："福赛格里杨撒？"意思是这是你的孩子吗？叽噶一脸幸福地说："耶，my baby!"得意之处竟然还说起了英语。我做出为她高兴的样子，说了一些"达蹦""博尼达"之类的客套话。这应该是我第一次与这个小女孩相识。

　　后来，也忘了是第几次去安哥拉了，有一天我在房间里办公，突然听见外面传来"哇！哇！哇！"的叫声，一开始没在意，后来这个声音竟然持续不断，而且越来越响。我索性放下手里的工作，伸着懒腰走出去看看到底是怎么回事。刚走出房门就看见走廊上有一团黑色的小东西坐在地上，仔细一看是个小黑娃，头上扎着五颜六色的头饰，鼻涕拉碴，身上穿一件破烂的衣服，整个人趴在地上，黑胳膊黑腿沾满了白色的尘土。小家伙开心地在地上爬行着，嘴里时不时发出"哇！哇！"的叫声，像是在给自己鼓劲，也像是在表达什么，也许是她还没学会说话之前刚刚发现了她可以发出声音这个技能，于是又好奇又兴奋地一直练习和展示。一个同事坐在走廊的椅子上乘凉，我问他这是哪来的小黑娃，同事说"叽噶的呗"。路边在扫地的叽噶冲着我发出咯咯的笑声。我蹲下来仔细端详这个小阿米噶，她也停下来盯着我，一点都不怕生，挺拔的额头，硕大的眼睛，厚厚的嘴唇，一看就是个美人坯子。我伸手捏捏她的小黑脸蛋对她说："你好啊，小阿米噶。"她"哇"了一声来回应我，声音着实洪亮，出乎我的意料。我想起来中午还有吃剩下的玉米，于是回屋拿了半截出来给她吃。那么小的孩子，我也不知道她能不能吃玉米，她伸出脏兮兮的手抓起来就往自己

玉米沾着鼻涕才好吃

嘴里塞，咬咬这边咬不动，掉个头又咬另一边，顺手还蘸了蘸鼻子上挂着的两条鼻涕，把脸弄得一塌糊涂。这时她母亲"叽噶"走过来，用抹布把她的脸一顿擦，把我给她的玉米掰成两截，小的一截给她女儿，大的一截自己拿上就啃了起来，还顺便抛了个媚眼对我表示了感谢。我心想这娘当的，连自己女儿口粮都抢。我问同事，这小黑娃叫什么名字，同事说："叫北北。"

　　这当然也不是这个小阿米噶的名字，北北这个发音在葡萄牙语里就是婴儿的意思，类似于我们通常说的"宝贝""贝贝"之类的。在之后的大半年时间里，北北就这样拖着长长的鼻涕一边叫着一边爬遍了整个本格拉大院，走廊、操场、房间、厨房、厕所、菜地，院子里的每一寸土地都留下过她的手印脚印。我们在工作的时候，她会爬过来绕着桌子转圈，我们吃饭的时候，她会爬到食堂里和狗狗们交谈，我们午休的时候，她会在门外发出哇哇的叫声，让我们有怒不能言。我们无聊的时候就会逗她玩，给她各种各样的东西当玩具，北北会好奇地探索，大多数都会送进嘴里尝一尝，而她的妈妈从来不怎么管她，一边扫地一边看我们逗她女儿，发出咯咯的笑声。她的发型每隔一段时间就会变换一次：有时候绑两条细长的小辫子，扎两朵小花；有时候学着安哥拉女人最流行的发饰，扎上满满一头小辫子，用红黑黄三种国旗色编成小头饰；有时候又学安哥拉老妇女的样子，扎一个圆滚滚的发球。肯定是她妈妈的创意。

北北在我们院子里爬着爬着就长大了，慢慢的可以扶着椅子站起来走路，摇摇晃晃，十分有趣，但是双腿还是十分绵软，免不了要摔跤，"叽噶"从来不管。我们同事看不下去，常常跟在北北后面，眼看要摔跤，就伸手过去把她扶住，有时候北北走太快，同事还得一路小跑在后面护着，一边跑一边骂："这个妈妈，闹达蹦！"这时"叽噶"会远远的一边扫地一边咯咯笑。有一次北北爬进我们办公室，扶着桌腿摇摇晃晃地站起来，看见我兴奋的哇哇叫，然后竟然大着胆子离开桌腿，试图独立行走。我连忙走过去护着她，小家伙像是喝醉了一样往前走了两步，重心一倾，眼看要跌倒，我手一伸把她抱了起来。在我怀里，北北瞪大了眼睛盯着我，就像她在她妈妈的背袋里第一次盯着我一样，我对她说："你好啊，北北。"小家伙有点害怕，有点好奇，又极力装出冷

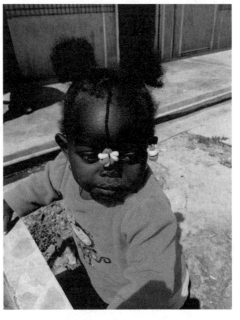

妈妈又做了一个新的发型

北北爬进了我们的办公室　　　　北北在我的怀里特别的乖巧

静的样子，含着手指严肃地看着我，不哭也不闹。我看她这么安静，连忙叫来同事，帮我合了张影，然后放她继续在地上跟花花草草玩耍。我把这张怀抱北北的照片发到了微信朋友圈，引来了大家的强力围观，有人调侃说这孩子一定是我在非洲的私生女，否则怎么会这么像，有人说我抱孩子的姿势充满父爱，一看就有超级奶爸的潜质。虽然都是调侃，但是我心里确是暖暖的，我何尝不希望真有这么一个可爱的女儿，看着北北萌萌的表情，内心深处我甚至真的把她当作了自己的女儿。后来我常常给北北拍照，有时候拍她的新发型，有时候拍她卖萌，有时候拍她扮鬼脸，一旦发到朋友圈总是人气爆棚，一段时间下来，可以说为北北在遥远的中国聚集了一群粉丝。

　　我离开安哥拉后，再没有北北的消息，没想到这次回来，却听到这样的噩耗。那天我回到基地，在房间里坐立难安，不知为何胸口像压了一块沉重的巨石。我从手机里翻出北北生前的照片，一张一张地看过去，不知不觉竟放声痛哭起来。我把这个消息告诉了我远在国内的妻子，她是北北的忠实粉丝，听到这个消息她也哭了起来，我们两个就像一对痛失爱女的年轻夫妻一样在电话两头泣不成声，她说很想为北北做点什么。那天，我把北北的照片整理出来，都做成黑白，最后想了想，还是保留了一张彩色照片，发了一条朋友圈，左思右想，写下几句悼念的话作为纪念。

后来，我回到本格拉大院，"叽嘎"还是和往常一样推着小车在院子里扫地，我把手机拿给她看，一张一张北北的照片，还有很多人的长长留言，没有一个人不哀伤叹息。我告诉她，她的北北没有离开，在遥远的中国，有很多人记得你的女儿，他们都很爱她。我看见她紧紧地咬着嘴唇，两行眼泪从她眼中流出，滑过黑色的脸颊。她转过头去，什么话也没说，推着小车离开了。

我常常在想，究竟是什么害死了北北，是年轻妈妈缺乏经验，还是非洲恶劣的医疗条件。当然这不是我该操心的事，也不是我能解决的问题，然而一个美好如天使般的生命就这样逝去，如何让我不痛心疾首无法释怀？我想起妻子说的话，也许我们真的应该为这些孩子们做些什么。但是我该做什么，该怎么做？我不知道，我也没法承诺，就暂且把这篇悼文作为我的一份绵薄之力，献给这个逝去的生命，献给这片土地上饱受战乱、苦难、饥饿的儿童。最后，我用朋友圈上写给北北的话作为结尾：

愿你在天堂里安好，没有苦难。

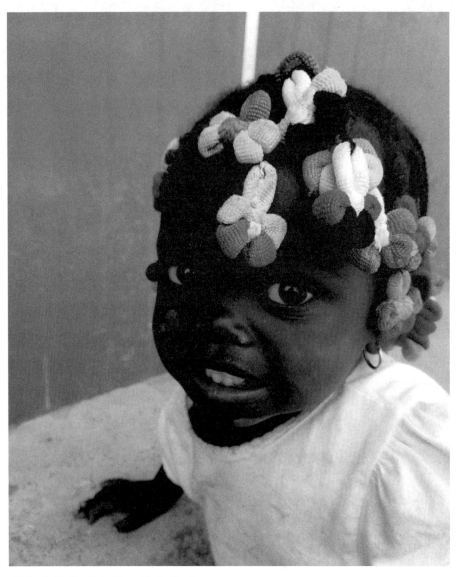

愿你在天堂里安好，没有苦难

最长的一天

　　在跟朋友们聊起我在安哥拉的工作时，大家最为关切的一个问题就是那边安不安全。因为在我们的传统观念中，越落后的地方人们所受的教育程度越低，文明程度也就越低，政局也就越是动荡不安。而像非洲那么落后的地方，在朋友们的想象中，那应该是一幅水深火热、惨绝人寰的地狱图景，然而实际上安哥拉的政局相对于其他非洲国家来说还是相当稳定的，执政党实力雄厚，深得民心，人民也纯朴善良，当然偶尔也会发生一些抢劫杀人的事件。不过，应该说这在任何国家都无法避免。于是朋友就问了："那么说来，你们在安哥拉工作就是非常安全的了？"我说不是的，对于我们来说，威胁到我们生命安全的有三样东西：地雷、车祸和传染病。地雷，有人踩到过一次，一个老黑丢了性命，其他的人受了很大的惊吓。车祸和传染病，都遇到过，而且是同时碰到，那次可怕的经历让我终生难忘，就算许多年以后重新回忆起那痛苦不堪的一天，种种惨状依旧历历在目，当时出于保密的原因，不便于叙述，我在我的小说里曾借医生老徐之口讲述过这段故事，读到过的朋友可能会记得那一大段不厌其烦喋喋不休的描写，显得跟小说的行文格格不入，读者可能会纳闷我为什么会这么写，原因就是这其实是一段真实的故事。如今事过境迁，再拿出来说说应该也无妨了吧。

这起事故发生在 2008 年 10 月，那是我来安哥拉的第一年，在经过几个月紧张的工作之后，我们完成了万博附近一百多公里铁路的施工图，在设计图纸交付工程局后，照例要召开一个施工交底会议，会上工程局会就拿到的图纸提出一些意见和问题，双方充分沟通和协调，然后再喝几顿酒，增进一下友谊，这样，会议的目的也就达到了。这一段的图纸的设计由我们新到任的总工程师亲自挂帅，工作的进度和质量都非常令人满意，总工觉得应该趁这个机会让我们年轻人得到些历练，见一见世面，和工程局的人打一打交道，就安排我们所有设计人员一同前往卡玛库帕参加这次会议。

在一个阳光明媚的早晨，我们由一辆帕拉丁和一辆丰田皮卡车组成的车队从本格拉的基地出发了。

两辆车坐得满满当当，一共十个人，开帕拉丁的是一个黑人司机，老总坐在副驾上，我和另外两个同事挤在后排。皮卡车司机叫老孟，是一个热爱摄影的老头，副驾坐着站场工程师，由于体型庞大而享受了领导待遇，后排仍旧挤了三个人，分别是路基和桥梁的工程师。我们的行程分为两天，第一天从本格拉到万博，在万博的工程局指挥部住上一晚，第二天再从万博出发到达卡玛库帕。路程虽然不远，也就六百多公里，但由于路况很差，两天的行程也是紧紧张张。

第一天的旅途非常顺利，这一段的路况也相对较好，都是柏油马路，偶尔有些坑坑洼洼，那是内战时期留下的弹坑。一路上大家有说

万博的国家银行

有笑，尤其是我们总工，意气风发，谈笑风生，看到车子手也痒痒，中间偶尔也开上一段过过车瘾。在甘达吃了顿地道的川菜之后大家的情绪更加高涨，下午从甘达到万博的这段路程基本上都是由总工来开，黑人司机也乐得清闲，有人来替他干活更是求之不得。然而事故也就是在这时埋下了伏笔。

　　晚上在万博的拥挤的别墅里住了一晚，第二天一大早吃了早餐我们就出发了，住在万博指挥部的工程局领导也坐了两辆车和我们一同前往卡玛库帕。临上车前，头一天坐皮卡车的阿苏把我叫住，说昨天跟搞路基的那个老头坐在一辆车上实在是闷得慌，话不投机，一路无语，让我今天跟他换一换。我当然求之不得，拎着行李跳上皮卡车就把座位占了，没多久，那个老工程师端着热水杯慢悠悠地过来，发现一车年轻人有说有笑，没人搭理他，愣在那里半天，嘴里碎碎念地走开了。

而我们老总则早早地把驾驶室给霸占了，把姗姗来迟的黑人司机打发去坐副驾。

后来回想起来这也许就是天意，我跟阿苏说，我这条命可以说就是你救的，要不是你把我喊到皮卡车上聊天，或许我真的就死翘翘了。

出了万博，柏油马路中道而止，代之以崎岖不平的土路，车子跑在上面不停地跳动，感觉五脏六腑都要被颠出来。太阳从我们背后上升，迅速变得毒辣，路上时而可以碰见一些赶路的黑人，他们或三五成群，或拖家带口，在我们汽车扬起的尘土中掩面而行，路旁则是稀稀拉拉的灌木草丛，这条由万博通往卡玛库帕的土路就在这比耶高原上蜿蜒的向前延伸。

越往东走，路况越糟糕，大概开了一个多小时，我们的车队来到神瓜尔附近，司机老孟一边抱怨一边放慢了车速，跟在我们后面由我们老总驾驶的帕拉丁早就不耐烦了，迅速超了上来，两车并行，两拨人摇下车窗，说说笑笑好不欢乐，打完招呼，帕拉丁便绝尘而去，留下我们跟在后面吃土。

然而才过了不到两分钟时间，我正打算合眼休息一会儿，司机老孟和副驾上的站场工程师小肖就一同惊呼起来："我的乖乖！"小肖一边拍着座椅一边大叫："赶快停车！赶快停车！"老孟一个急刹把车子靠在路边，他们两个人逃命一般的冲了出去，嘴里喊着"快快快！"我还没搞清楚什么状况，慢悠悠地开门下车，看见不远处的水沟里四仰八叉地躺着一辆车，乌黑的车底，冒着阵阵青烟，四个轮子还在打着转。我心里"咯噔"一紧，脑子一片空白，跑到车子跟前，发现一个同事趴在车子前面的土沟里，满脸鲜血，面目狰狞。我们老总捂着脑袋从驾驶室里钻出来，一脸惊慌地说："完了完了，这祸闯大了！"

我没多想，赶紧抱起前面那个满脸鲜血的同事跑得远远的，生怕跟电视里放的一样车翻了还会爆炸。我找了个遮阳的地方把他放下，脱下我身上的 T 恤，把他脸上的血擦干净，然后在他头上胡乱缠绕了几圈算是包扎。我问他你怎么是在车外面，同事说："被甩出来的！车子翻了一圈又一圈，心想怎么还不停下来，又翻两圈，终于把老子甩出来了！"我听了背后直发凉。处理完这个同事后，我光着膀子跑回翻车的地点，看见小肖和老孟两人把黑人司机从副驾上拉了出来，看样子伤得不轻。小刘把路基的老工程师从车里扶出来，一瘸一拐，八成是伤到腿了。阿苏从远处跑来，神色慌张地说："完蛋了，华仔找不到了，赶紧来帮忙找！"我和小肖立刻加入了搜救队，钻入水沟旁高过胸口的草丛中。我们三人沿着车的痕迹一路往回找。烈日当头，我赤裸着上身穿越在非洲的大草原上，身上沾满同事的鲜血，汗珠顺着额头不住地往下落，浓重的血腥味混杂着汽油的味道，连同烈日下的热浪一股脑儿钻进我的口鼻，脑中不停地浮现刚才同事满脸鲜血的面孔，我感到一阵剧烈的眩晕。当时已经慌得六神无主，与其说是在找人，不如说是在乱走，然而幸运的是，没过多久，阿苏和小肖架着华仔从草丛里钻了出来，华仔浑身泥土，双目紧闭，脸如金纸，没走几步路竟然呕吐起来。后来听阿苏说，找到华仔的时候他躺在地上两眼翻白，口吐白沫，扶起来一摸后脑勺竟然一把鲜血，差点把他吓瘫在地。

这个时候，跟在我们后面的工程局的车到了，他们见了这情形也都大惊失色，不过好在工程局这帮汉子也都是经过大阵仗的人，几个总工随即指挥人手抢救伤员，联系拖车过来处理现场，从最近的项目部调配车辆过来支援。很快，几个伤员都集中到了两辆车上，匆匆忙忙往前方的城市奎托赶。我们几个没受伤的人则留在现场，在路边蹲成一排，看着翻在一旁的车子发呆，时不时会有黑人的汽车路过，他们会好奇地停下来问我们是不是需要帮助，我们谢过他们的好意，告诉他们我们"达蹦"，然后劝他们不要围观，赶紧赶路。跟我们蹲一块儿的一个工程局的总调度跟我们说，要是有人问起是谁开的车，记住千万别说是你们老总，一定要说是黑人司机，懂了吗？我们都心领神会地点点头。过了差不多半个多小时，运送伤员的车子竟然折了回来，我们问他们在搞什么鬼，司机说奎托没医院，现在回万博！于是我们又一次目睹车子绝尘而去。后来听我那个满脸鲜血的同事说，车开出去没多久，不知道是谁说了句：奎托好像没有医院。然后整辆

万博的教堂

车就陷入了死一般的寂静，当时的气氛别提有多诡异，车子就这样安静的开了足足一刻钟，后来终于又有一个人说：奎托好像真的没有医院。于是车上的一个工程部长当机立断下令掉头回万博。

后来附近的一个施工队派了挖机过来把我们的车子拖走，顺便把我们也带到了队上，他们队上有个黑人劳务唱得一口流利的中文歌，看见我们几个生面孔就跑到我们面前来唱："你是我的玫瑰你是我的花。"我们几个眉头紧锁谁都不搭理他，这个老黑一定很困惑，要在平时，一般中国人早就竖起大拇指连说"达蹦"了，心里肯定在琢磨今天这几个中国人是怎么回事，唱得这么好都不表扬一下。他哪里知道我们惊魂未定，同事又生死未卜，哪有心思听他唱歌。

过了好一阵，老孟回来接我们去万博，一路上跟我们抱怨万博的医院有多糟糕，哪里是个医院，简直就是一个贫民窟。原先还以为老孟危言耸听，到了一看才发现所言非虚，万博医院四周人山人海，白花花的一片，全是打地铺的病号，把医院围得水泄不通，无数黑人的体臭，加上生活垃圾、污水、排泄物，被毒辣的太阳一晒，这酸爽，让人晕厥。但又没有办法，万博是安哥拉的第二大城市，没准儿这就是安哥拉第二好的医院了。医院门口停着几辆工程局的车，几个人在七手八脚地把伤员往担架上转移，我立刻跑过去帮忙，一打听才知道，由于床位太紧张，搞到现在才托关系弄到了两个床位，工程局指挥部也派过来一个翻译在现场沟通，但是这翻译属于半路出家，水平有限，人家说的他听不懂，他说的人家听不懂，只能辅助以手势和肢体语言，勉强能说个大概。

我们把两个伤得较重的人员安置下来，我们的黑人司机腿部骨折，搞不到床位，只好让他跟其他人一样在医院的走道里打地铺。之后领导安排我一个人留下来照看病人，其他人先回去拿被子，吃过晚饭再来换我的班。两个同事躺在病床上疼得大叫，头上的伤口血流不止，和着泥巴和鲜血，头发结痂成块，苍蝇成群结队地来叮咬伤口，赶也赶不走。一会儿过来一个胖护士，看了一眼伤情就走开了，等了半天，拿着粗粗的针筒回来，给两个同事各打了一针，卸掉针筒，留着针头还插在手上，转身又走了。两个人疼得哇哇叫，我让翻译去问医生怎么不把针头拔掉，翻译回来之后结结巴巴地说这针头留在体内是为了保持循环，我一听就知道这个家伙又在瞎翻译了，我让他再去找医生过来给伤口消毒，再不消毒肉都要给苍蝇啃光了。这个翻译就这样被折磨得恼羞成怒，朝着像苍蝇一样叮在门口围观的黑人一阵怒吼："看什么看！都给我滚！"

　　过了许久，那位受伤的同事一把抓住我的手说："我口渴。"我

排队等待加油的人群

说你等着，我去给你弄瓶水。同事依旧抓着我紧紧不放，用一种人之将死的口吻对我说："不，我要喝橙汁。"我心想我来安哥拉都半年了，还从未见过橙汁这种东西，要不是你今天出了车祸你最大，我非把你从床上踹下来不可。我耐着性子跟他说橙汁买不到，喝瓶纯净水将就一下吧。同事摇了摇头说："不，我要喝橙汁！"这架势有种临终前实现最后一个愿望的感觉，我只好说我出去买买看，但是不能保证买到。我大汗淋漓地跑到医院外面，头疼欲裂，坐到车里喘息，外面夕阳西下，万博医院黄褐色的墙壁在夕阳下泛着金光，墙角下的人们忙碌着，交谈着，呻吟着，等待着夜幕的降临。我从后备厢里拿上两瓶水回到病房，忽悠同事说跑了大半个万博还是买不到橙汁，先喝瓶纯净水压压惊吧。同事喝完水之后又对我说："我要拉屎。"我说我扶他起来去上厕所，同事说："不行，我动不了。"我心想你让我上哪儿给你找个屎盆子去啊。我想找翻译帮忙，又不见人影，问了工程局的司机，说是领着我们那路基的老工程师拍 X 光去了。我穿过拥挤恶臭的医院走道找到护士，跟她说我需要一个屎盆子，然后我做了个脱裤子拉屎的动作，护士看得莫名其妙，于是我又把刚才的动作做了一遍，做拉屎动作的时候还伴以销魂的呻吟，然而这个愚蠢的女人还是搞不清我在干什么，这个时候睡在旁边地铺的一个黑瘦的中年男子从被窝里掏出一个硕大的痰盂递给我，眼神坚定地对我点了点头，我不知道怎么说谢谢，只好双手合十，恭敬地接过痰盂，转身跑回病房，让同事把问题解决了。

等事情都安排妥当之后已经差不多晚上六七点了，当时感觉整个人已经累到虚脱，头已经疼得出现了幻觉，而且好死不死的肚子疼了起来。我一边哗哗的流着汗一边骂这群说好要来跟我换班的孙子，实在站不住，就挨着同事的病床坐着，后来连坐都坐不住，同事看我不对劲，吃力地往边上挪了挪，拍拍床示意让我跟他一起睡，我看了看这么狭窄的病床，干脆一屁股坐在地板上。

将近八点钟的时候，换班的领导和同事总算来了，这个时候我已经有点神志不清，他们带来了一大箱纯净水，我摸了一瓶，两只手抖得厉害，怎么都没力气拧开瓶盖，就叫阿苏帮忙拧，阿苏看我脸色苍白，问我感觉如何，我说没事，回去睡一觉就好。后来我被送回工程局指挥部，吃了点东西后立刻钻进被窝睡觉，我把厚厚的被子裹在身上，还是止不住浑身发抖，闭上眼睛就是同事满是鲜血的脸，头疼欲裂，怎么都睡不着。躺了半个小时，我挣扎着起来对一旁的小刘说："我可能发烧了，帮我找根体温计。"小刘说："我也好像发烧了，我去喊人。"找来体温计一量，我40度，他39度。我们立刻找了工程局的人，他们一看我浑身发抖的样子就说："肯定是疟疾！"然后帮我们弄了辆车，拉上我和小刘，让阿苏陪着，考虑到万博医院的狗血，于是驱车到三十公里开外的卡陵卡。卡陵卡有一个施工队，队上配备了一个医务室，那里有治疗疟疾的药物。队上的医生看了看我俩，说："有可能是疟疾，但也不能肯定，疟疾要通过化验才能确诊，但现在也没办法了，就按疟疾治！"于是给我俩吊了瓶水，打了两针。打完针之后我立刻感觉身体不发抖了，但是肚子又疼得厉害，举着吊瓶打着手电不停地跑厕所拉肚子。就这样折腾了整整一个晚上，等到天色泛白，我才沉沉地睡去。

第二天，领导安排了一辆车把我和小刘先送回本格拉基地养病，后来工程局的领导得知此事，派车把两个住院的同事接到了罗安达的工地医院治疗，大概过了一个月的时间，两个同事带着长长的头发和浓密的胡子出院了，外伤虽然好了，但后遗症留了不少，许多年后，那个当时满脸是血的同事常常会摸着后背跟我说："你来摸摸，我脊椎上真有一个坑，钻心的疼！"

后来，我把车祸的经历和得疟疾的情形加工润色了之后都写进了小说，有些是真实的体验，有些是杜撰的描写，但是为了还原最真实的事件，我还是选择以散文的形式，把这一天发生的事情如实记录下来，以纪念我在安哥拉六年的工作中这最长的一天。

一个沉重的话题

　　在写完前面的一系列散文之后，原计划就准备整理整理出版了，但是有一件事始终在我脑中挥之不去，我觉得自己有必要也有责任去写一写，但我又不是这件事的亲历者，没有发言权，整件事情从头到尾都是听各种各样的人说的，没什么素材，也没什么亮点，我怕写不好。于是就这么跟自己僵着，正好手头上有不少事情，忙着忙着就把事情抛到了脑后，这一抛就是整整一年。其实在这一年中我也经常会把这事拿出来想想，但始终没有动笔，可能是太久不写东西，失去了写作的惯性——这应该是一个写作者最可怕的事情——幸好我不是作家。新的一年我手头的事情更多了，越发没有时间去写，眼看这本书就要烂尾，我妻子黛眉紧蹙、神色凄楚地对我说："本来还巴望着你这本书出版了我可以发条微信朋友圈……"我心头一紧，觉得辜负了最不该辜负的人，于是决心把手头所谓重要的事情都先放下，无论如何要把这篇文章写完。

　　说了半天，这件让我始终放不下的事就是发生在 2015 年 11 月 20

日的马里巴马科恐怖袭击事件。

当我从网上查到 2015 年这个年份的时候，心里真的是咯噔一下，没想到时间一转眼就过去了那么久，以至于我都已经忘了是发生在哪一年，需要上网查证后才敢落笔。当年噩耗刚刚传来之时，可以说是举国震惊，当时我深深地意识到这件事将永久刻在我的脑海里，但是时过境迁，不要说其他人了，就连我都已经记不清事件发生的时间了，所以我在文章的第一句话就说了，我觉得自己有必要也有责任把这件事再提一提，可能没有什么用处，但是，通过这种方式，回顾往事，追忆故人，也许只有这样才能让我的内心好受一些。

三位牺牲的同事分别是周天想、王选尚、常学辉。周天想和常学辉我并不认识，王选尚我却比较熟悉。早在 2008 年我第一次来到安哥拉参与本格拉铁路勘察设计的时候，就听说了王选尚的名字，当时我只是一个刚参加工作的设计院的实习生，而他是中铁二十局的指挥长，所以并没有什么交集，只是听说他年轻有为，做事果断，很受股份公司领导的器重。后来本格拉铁路项目完工了，因为干得不错，就被提拔去了股份公司的国际集团做副总经理，在安哥拉设了一个分公司，因为他对这个市场熟悉，又让他兼任了安哥拉分公司的总经理。而我正是在这段时间里跟王选尚王总共事了一个多月。

其实，我对老王完全谈不上有什么好印象，甚至还有一些反感，也许真的是因为人死了之后，你对这个人的印象就全变了，生前你讨厌的人，一旦他离世，而且是以这种方式离开，你的内心深处不知怎么就会涌出一股愧疚、怜悯之情，生前怎么样都不重要了。

那个时候，我们设计院绝大部分的工作就是协助安哥拉公司开拓市场。我们几个设计人员住在安哥拉公司位于塔拉道纳区拥挤的小别墅内，平时跟在老王的后面一会儿去见某个部长，一会儿去见某个将军，千方百计说服他们把手中的项目交给我们。当然，这些人也不是傻子，他们往往会要我们先出一份方案和报价，这个时候就轮到我们上场了，在项目信息极度缺乏、时间极度紧张的情况下，我们会做出一份看起来十分专业的方案和报价书交到对方手上，然后便杳无音讯、石沉大海。

其实这不能怪我们，当时正值国际油价低迷，导致安哥拉的经济一塌糊涂、几近崩溃，老百姓都吃不饱饭，哪里有钱来兴建基础设施，安哥拉基建市场在繁荣了十年之后迎来了一个前所未有的寒冬，那几年没有一个中国企业能拿到项目。但老王并不这么认为，合同指标完不成，心里窝了一肚子火，骂他的手下骂不过瘾，也会骂我们设计院出气。当时我们算是在他们公司驻勤，双方达成一个默契，住他们的吃他们的，但是免费给他们干活，一旦搞成了个项目，大家再坐下来分钱。但是搞到现在也没搞成一个项目，再加上人在屋檐下，吃饭都得看他们脸色，所以就算被骂那也得忍气吞声。有次大家在一张桌子上吃饭，老王不知道哪里又不爽了，开始数落我们设计院，说："你们这家设计院，能力太差！尤其是房建，不知道搞什么！要是再这样子，要把你们设计院赶出安哥拉市场！我们引进铁一院、铁四院！"在老王的吐沫中，我斜眼看了看我们领导，只见他面不改色在吃饭，我又偷偷看了看老王，正好和他的目光相遇，于是我立刻若有所思地点点头。老王见我们这副样子，也没有了继续数落我们的兴致，自己把话题岔了开去。

在安哥拉公司驻勤的一个多月，大家都住在这个小别墅里面，抬头不见低头见，没少受老王的气，我对老王的坏印象就是那时候来的。不过说实话，老王的确是个干实事的人，为了承揽项目，有次开车到北宽扎省看现场，连续几天睡集装箱，晚上没电，吃泡面都没热水，更别提洗澡了，回来的时候几个人蓬头垢面胡子拉碴，我们领导下了车连连叫苦，老王却哈哈大笑说："我们的后辈绝对没法想象我们这辈人，为了闯市场居然可以吃那么多的苦。"

是啊，为了闯市场，连命都丢了。

马里这个项目也是由我们设计院跟他们公司的合作项目。起初他们跟马里和塞内加尔的铁路局搭上了关系，发现这两个国家有意向把这条连接两个国家的老铁路修整一番，提升一下运输能力。于是先后两次带着我们设计院的工程师跑到马里和塞内加尔去，又是看现场，又是和政府洽谈，但是由于马里太穷，项目的推进始终不尽如人意。这年8月，股份公司把中土集团总经理周天想调到国际集团做总经理，新官上任，自然想做出点成绩，老王把这项目情况一说，两人觉得有戏，有必要再推一把，于是打电话给我们公司领导，约我们设计院一块儿陪新领导再走一遭。巧的是这个时候我们设计院有两拨人在国外考察，一拨在津巴布韦，一拨在莫桑比克，实在派不出人去马里了，于是跟他们说，这次就他们自个儿去吧。

没想到就成了永别。

当时我正在莫桑比克，跟几位同事还有中国港湾公司的工程师一起考察一条铁路项目。那天我们车队从莫桑比克海滨小镇克里马内出发，朝西北内陆的煤炭重镇太特前进。一开始道路平坦，一路都很顺利，过了卡亚之后，进入了西部山区，路途开始险恶起来。到了中午的光景，我们来到宽阔的赞比西河畔，河面上横亘着一座巨大的铁路桥，汽车无法通行，望着大河，我们一筹莫展，不知道该从哪里过河。就在这个时候，我的同事以及中国港湾的工程师同时发现了手机新闻的头条：一伙"伊斯兰国"的恐怖分子劫持了马里首都巴马科的丽笙酒店。我们同事说，这酒店名字好熟悉，好像就是上次去的时候住的那家。没过多久，同事的猜测得到了印证，因为我们公司的微信群里已经讨论开了，去过马里的其他同事纷纷说就是这家丽笙酒店，前两次去都是住的这家酒店，老王他们几个可别正好在里头。

没过多久，中国港湾的葡萄牙语翻译从当地人口中打听到了过河的地方，离大桥五十公里远的地方有一个渡口，可以坐那里的摆渡船过去。于是我们稍做休整之后向渡口进发，一边吃着干粮，一边关注新闻的动态。莫桑比克野外的手机信号断断续续，其中要数华为手机的信号最好，就由那位同事给我们播报最新情况。不一会儿，那位同事说："他们几个还真就在里面了！"我们抢过他手机一看，网上已经公布了被劫持人质的情况，一共有一百三十人左右，有七个中国人，周天想和王选尚的名字赫然在列，还有一个区域经理常学辉，再加上翻译，中国铁建就占了四个。另外还有两位恰好是中国港湾的领导，我们就跟同行的中国港湾工程师说笑，说他们几个说不定被困在一个房间里呢，闲着无聊都能凑两桌斗地主了。

车开了将近一个小时，我们来到渡口，这是一处平坦的谷地，河对面是高耸的山峦，山下分布着一片村庄，河的两边有一些当地人在活动，对岸停着一条平板船，这应该就是渡船了。翻译人员上去打听，说是船长吃中饭去了，要我们稍等片刻，一会儿就会来开船。我们一群人又只好聚在一起刷新闻。不一会儿新闻又有了更新，说是营救出来一批人质，其中包括三名中国人，但具体没说是哪几个，还有一些人质被困在酒店的房间里。从网上公布的照片看，被救出来的中国人是个年轻小伙子，不是老王。大家七嘴八舌的讨论，如果是在酒店房间里应该是没有什么大碍，毕竟这几位都是行走江湖多年的高手，只要用床和桌子把酒店房门堵死，恐怖分子应该不可能花这么多时间挨个房间冲进去，只要死守房间，被救出来只是时间问题。

过河之后，尽管新闻里面消息不断，但始终没有看到他们几个获救的消息。"说不定他们把房间门堵太死，救援人员都进不去了。"大家虽然嘴上开着玩笑，但心里还是有一丝的焦虑。下午三四点钟光景，我们车队抵达了太特，这座位于赞比西河边的小镇，在烈日的炙烤下热得发烫，我们的车驶过拥挤不堪、热气腾腾的钢架桥，来到事先预定好的酒店。这个时候新闻里面已经报道了有二十多人死亡，并且人数还在不断上升。

"应该不会这么倒霉吧？"

"肯定不会，这么多人呢，这概率也太小了。"

到了再晚些的时候，马里官方宣布事件解决，被挟持的人质全部被解救出来，死亡人数最终确认为二十七人，但我们那几位同事却始终听不到他们的消息。大家都猜测可能是混在被救出来的大部队里，现场肯定很混乱，要找到他们并统计名字绝对是件麻烦事，不用着急，安心睡觉，第二天一定能听到他们脱险的消息。

那天半夜三点钟的样子，也不知道是时差没倒过来，还是别的什么原因，我迷迷糊糊地醒过来，摸过手机一看，一条新闻让我瞬间全身冰凉：三名中国公民在马里恐怖袭击中不幸遇难，他们的名字分别是周天想、王选尚、常学辉。

我呆了很久很久，蒙上被子号啕大哭。

我至今还想不明白自己为什么会哭，仅仅是因为跟老王有点交情？可我对他不是挺反感的吗？我说不上来。我们那批去安哥拉工作过的同事回国之后感情都特别深，经常也会聚一聚，叙叙旧，反而是整天坐在一个办公室里的人，话却不是很多。大家觉得很奇怪，可能是因为当时的条件真的很艰苦吧，只有共患难过，才会有真感情，这可能也是为什么一起当过兵的战友退伍之后都比亲兄弟还亲。

消息一确认，股份公司立刻启动了应急预案，分别从五个国家调集了十八个人奔赴马里处理事务，国内也派出了三组人，分别赶赴三位遇难者家属家中安抚情绪。那段时间我也有点恍惚，因为正好也在非洲，无数人给我发来消息让我注意安全，赶紧回国。在踏勘的路上，我们每天住着不同的旅馆，每到一家旅馆，不管平时还是睡觉，门窗都关得死死的，而且还观察好地形，如果有劫匪从正门冲进来，我该如何封死路口，如何逃出房间，脑子里先预演几套方案。一时间草木皆兵。

后来大家一直在讨论事件的真相，而且有着各种各样不同的版本，直到遇到一位安哥拉的老朋友，他也是去马里处理事务的十八人成员之一，给我们大体说了事件的经过。他说老周和老王两位领导年纪大了，早上醒得早，就习惯早点吃早饭，吃了早饭坐那儿喝喝茶聊聊天，这是他们的生活习惯。而常学辉是区域经理，公司里的一把手和二把手都来了，肯定是要全程陪同，所以也早早起来去陪领导吃早饭。至于另外那位，是位法语翻译，因为常学辉法语比较好，所以这位翻译的任务就比较轻松，也就没有一起去吃饭。当天早上，他们三个正在一楼的餐厅吃早饭，大概七点多一点的样子，这伙劫匪就闯进了酒店餐厅，不由分说一上来就朝着人群机枪扫射，还向人群投掷了手榴弹，来不及防备的人群纷纷倒下，现场惨烈至极，他们三个应该是还没反应过来发生了什么事就已经中弹身亡了。老周头部中了一枪，老王胸口中弹，应该都是一枪毙命，走的时候没有多少痛苦，小常比较惨，身子被一梭子弹扫过，中了很多枪。那位幸存的翻译说是从楼上下来的时候看见大堂里站着好几个手持 AK47 的匪徒，觉察到情形不对，立刻跑回了房间并把房门堵死，这样才侥幸逃过一劫。当时一听说酒店被劫持，大家就不停给他们几个打电话想确认人员安全，翻译的电话打通了，说躲在房间里，但是其他人什么情况他也不清楚，而另外三个人的电话却始终都没人接。到了很晚的时候，电话终于打通，接电话的是一个当地人，说着一口法语，虽然听不懂对方说什么，但很明显已经出事了。

为了悼念三位遇难的同事，股份公司下属的所有部门都举行了悼念仪式，我们在完成了现场踏勘之后，回到马普托的酒店，和股份公司驻莫桑比克代表处一起举行了一个简短的仪式。不久，马里总统凯塔发表了讲话，沉痛哀悼了三位遇难者，并宣布全国哀悼三天，要求全力推进马塞铁路项目，以告慰逝者的在天之灵。

后来由于种种原因，这个项目一直没能签约，直到今天，我们公司还在不停地修改设计方案，而这件事在被关注了一段时间之后也迅速地淡出了人们的视线。没错，生活总是要继续，人不可能沉浸在无穷无尽的悲伤里。有些事，我们不说，并不代表我们真的忘记；有些人，我们不提，并不代表我们就不思念。愿逝者安息，几位老铁道兵战士，向你们致敬！

回到安哥拉

对于安哥拉，恐怕连我自己都无法说清究竟怀着一种怎样的情感。每一次离开，我都认为是永别，疲惫、厌倦、憎恶，像溃败的军队一样狼狈撤离。然而经过国内半年焦头烂额的工作之后，每一次重新出发，内心深处却总是充满了悸动与渴望。像久别故土的游子，迫不及待地投入母亲的怀抱；也像分居两地的恋人，一日不见，如隔三秋。我曾不止一次在之前的作品中宣布与这个国家的永别，也不止一次地当着朋友的面发誓说再不出国，然而现实却让我一次又一次地食言。2014 年年初，我们在安哥拉的工程完工，连项目部也撤销了，我心想这下总算结束了，前前后后去了六次，钱也赚了一些，这么多年把父母和妻子丢在国内不管，心里也是充满了歉疚。所以这整整一年的时间，我逢人就说："安哥拉跟我再无瓜葛！"但是，造化弄人，就在下半年短短的三个月期间，我就连续去了安哥拉两次。回到国内朋友见到我，问的第一句话都是："你怎么又去了？项目不是结束了吗？"这时我都会尴尬地笑着说："呵呵，给领导拎个包，呵呵呵。"

本格拉街头的一对姐弟

　　9 月那次去到安哥拉，心中还是感慨良多，毕竟离开一年，当初还以为真就是永别，然而再次相遇在了茫茫人海中，不免有些意外，也有些欣喜，觉得这应该就是缘分，是宿命了吧。然而回来之后还不到一个月，家里窝都还没睡热乎又去了一趟！当初还真是年少无知，现在才知道什么话都不能说绝了，否则打起脸来可是毫不含糊。

　　不过这两次去安哥拉性质不同以往，之前是做项目，一待就是半年，现在项目完工了，公司借着项目在安哥拉筹备成立分公司，几年下来没揽到一个活，领导终于坐不住了，就决定亲自去跑一跑市场，疏通疏通上层的关系，所以这两次去的性质确实就是给领导拎包。

　　我们一行人下了飞机走进海关大厅，柱子上贴满了华为的广告，还有大大的"欢迎光临"几个字的葡语，地上铺砌了新的瓷砖，墙上新刷了油漆，大厅里强劲的中央空调呼呼吹着冷气，下飞机的人群按着指示牌的引导安静的排着队，身着制服的工作人员坐在柜台后面埋头办理入关手续，整个大厅只听见"嘭嘭"的盖章声，显得安静而有序。这些景象让我的思绪一下子回到了六年前那个炎热的午后，我们一行十四人每人拖着两大箱子行李，汗流浃背满脸污垢地挤在这个当时破烂局促的海关大厅里，对着手中葡萄牙语的入境申请单，茫然不知所措。这一晃六年过去，当时那个如同县级汽车站模样的罗安达国际机场，现在已经改头换面，装修得有模有样了，看样子这些年安哥拉的航空公司在中国人身上赚足了钱。顺利出了机场，见到了前来接机的司机老倪，我跟他感慨了一番机场大厅的变化，告诉他入关的时候竟然没人刁难要小费，看来这些年安哥拉是进步了，文明了，讲法制了。老倪笑着摆摆手说："马工啊，这你就错了，安哥拉还是那个安哥拉，鸟人还是这帮鸟人，现在的安哥拉就如同乱世一般，强盗横行，民不聊生，中国人日子难过啊！"

开始我还不信，然而一出机场我就服了。守在机场出口的警察见了中国人如同饿狼见了羊羔一般，为了敲诈勒索差点自己人打起来。一个警察以我们没穿黄色防护背心为由罚了我们3000宽扎，给完钱车子刚走十米，前面又过来一个警察把我们拦下来要钱，老倪气得哇哇叫，探出头去喊刚才那个警察回来，两个警察在一边激烈交流。

收过钱的警察边说边给我们打手势，让我们赶紧走。老倪见状一脚油门飞快离开了，从车后镜里我依稀能看到后来的那个警察想冲过来拦我们的车，先前的警察却死死地将他抱住。

安哥拉警察热衷敲诈勒索早已名声在外，我也写过一篇文章专门记录了这些事情，然而看这架势却愈演愈烈。我听说中资企业通过华人商会和大使馆向安哥拉政府反映过这类情况，得到的答复却是：安哥拉警察薪水普遍较低，通过其他一些途径来提高收入也不失为一个办法。出了机场，老倪对我说："马工，你不知道啊，碰到警察那还算是好的，人家顶多敲诈点钱，要是碰上劫匪那就麻烦了！现在安哥拉的劫匪最流行绑架，一开口那都是上亿宽扎！"我大惊失色，问老倪，怎么可能拿出那么多钱？老倪说："砍价呗，砍到最后一般都是三四百万宽扎成交。"听到这消息我惴惴不安，心想我们公司比较穷，万一还价还得太狠，绑匪恼羞成怒一撕票，然后跟电影里演的一样，把我切成片往家里寄，这画面太酸爽不敢想象。

9月来的这次还算可以，虽然治安已经急剧恶化，但还不至于到草木皆兵的地步。直到11月第二次来安哥拉，那情形已经到了必须开防弹车出门的地步了，如果没有防弹车，也必须得有黑人士兵持枪护送。我们公司没有财力，只好求助工程局，人家工程局也没有那么多的防

本格拉郊区

弹车和黑人士兵，有时候借不出来，只好硬着头皮"裸奔"。好几次我们从外面办事回来，工程局的朋友会一脸惊讶地问我："你们不会又出去'裸奔'了吧！"我点头说："是的，有什么问题吗？"那人就像见了外星人一样大呼小叫："我的老天爷，你们胆子也太大了！就你们出去那会儿，体育馆那边又发生枪击了，一辆中国人的皮卡车被开了三枪，挡风玻璃都碎了。"后来我关注了一个安哥拉华人报纸的微信公众号，每天的头条都是某某地区的华人企业被劫匪抢劫，某某地区又有华人遭到绑架，诸如此类的报道不一而足。很多人都说，安哥拉闹到现在这地步全赖美国佬，为了整垮俄罗斯丧心病狂地压低石油价格，2008 年的时候还是 140 多美元一桶，那时候安哥拉多牛，想建什么就建什么，上千公里的铁路连个可行性研究都不需要做，领导头一点就开干了，现在好了，石油价格从 140 美元一路跌到 30 美元，都不到曾经的零头，这下彻底穷成了孙子。再加上宽扎急剧贬值，印象里 2008 年的时候六七十宽扎换 1 美元，现在 300 宽扎才能换 1 美元，有钱还不能换，政府实行了美元管制，很多在安哥拉的中国公司资金链就这样被切断了。这也许是安哥拉有史以来最惨的一年，项目停工，企业倒闭，工人失业，物价飞涨，经济一片萧条，亡命之徒四处横行，中国企业赚不到钱，员工安全又受到威胁，前几年赚得荷包满满的老板们不约而同地感慨：出来混迟早都是要还的。

凛冽的寒冬中，一些民营企业要么撤离要么转型，为了在恶劣的环境中求得生存，只要有活就干，只要有利就图。然而我们这些铁路行业的国企日子就惨了，政府一旦削减财政开支，投入高、利润少、周期长、回报慢的铁路项目绝对是率先停工的，国企那么大的摊子在那里，想撤不能撤，想转型谈何容易。领导们在国内发怒：怎么一个

本格拉街头露天的火车头博物馆，机械已经锈迹斑斑

项目都揽不到？到了安哥拉一看才明白，就算神仙老子来了也不成。工程局的人告诉我们，安哥拉这块市场十年之内不会再有什么大型铁路项目，从前那种闭着眼睛赚钱的日子一去不复返了！现在安哥拉政府醒悟过来，当务之急不是修劳民伤财的铁路，先要解决人民的吃饭问题，建农场，建炼油厂才是王道。

我曾经在我的小说中对安哥拉单一的经济结构表示了担忧，也对政府为了政绩修建这条上千公里铁路的决策进行了调侃，现如今看到我的乌鸦嘴成为现实，心中五味杂陈，感慨万千。我在小说中接着写道："当然这与我一点关系都没有，只要能赚到钱，别人怎么样，我不想考虑也没必要考虑。"没错，这确实是安哥拉总统的事，并不是我可以说三道四的，当我在写这些话的时候，纯粹是一个局外人的身份，然而现在事隔多年，不知怎的，竟然多了一种难以言表的情绪，也许六年的时间足够改变很多，可以改变一个人，也可以改变一个国家。

这两次去安哥拉考察，前后加起来将近一个月时间，来去匆匆，

罗安达乃至整个安哥拉已经成了一片工地

出于安全考虑，多数时间都是待在房间里不外出，中间还发生了震惊全国的马里恐怖袭击，三位领导不幸遇难，其中一位还是在安哥拉并肩工作过多年的老领导。回国之后很多朋友对我的工作忧心忡忡，为了劝我别再出国，动之以情，晓之以理。其实我又何尝不想安安稳稳待在国内，但命运有时就是如此难以捉摸：你越是抗拒，就越是难以挣脱，越是渴求，就越是无法拥有。也许这真的就是我的宿命，是我与这片土地之间的藕断丝连。在经历了那么多离别与重逢之后，如果有人问我，你对安哥拉到底是一种怎样的感情，我想应该是"难说再见"。

阿尔及利亚

　　说起来我几乎是一进公司就开始了海外工程的生涯，遥想当年还是一个刚步入社会的稚嫩实习生，懵懵懂懂被派去非洲修铁路，到现

阿尔及尔的港口

在专门从事海外工程的经营工作，至今已近十个年头。很多人会问，干了这么多年海外，一定去过不少国家吧。说来还真是惭愧，在非洲大陆纵横那么多年，就光往安哥拉一个国家跑了，直到 2015 年去了阿尔及利亚和莫桑比克，在朋友面前才渐渐积累了吹牛的资本。当别人再问起时，我的脸上就会流露出一种饱经沧桑的疲惫和遍阅人间百态的超脱，掰着指头数：安哥拉，阿尔及利亚，嗯，莫桑比克，要是算上转机，那就还有一个埃塞俄比亚，四个国家！按照一般套路，朋友的下个问题一定是：这些国家里面你觉得哪个国家最好呢？这时我一定会斩钉截铁地说：阿尔及利亚！对于如此不假思索的回答，所有人都会再问一句：为什么呀。我会说，那就不是一个非洲国家，感觉就像去了欧洲一样。

这话一点都不夸张，作为法国的后花园，阿尔及利亚除了位于非洲北部，拥有大片的沙漠，其他地方似乎跟非洲并无瓜葛。舒适怡人的地中海气候，穆斯林风格的建筑群，目光深邃风情万种的阿拉伯女人，电影里才听得到的法国贵族口音，这对于我们刚从安哥拉过来的人来说，感觉一下子从第三世界的底层来到了欧美发达国家。

这次考察是受了股份公司阿尔及利亚分公司的邀请，他们在当地准备参与几条铁路的竞标，而之前与他们长期合作的设计院则有意退出阿尔及利亚市场，究其原因是因为阿尔及利亚人低得令人难以置信的工作效率。分公司的负责人对我们说，阿尔及利亚跟中国一样，也会做什么五年规划十年规划，但他们的计划就是个摆设，就拿目前这个铁路的五年计划来说，今年已经是最后一年了，而实际的工作量只完成了计划的 5%。我们瞪大了眼睛问，那完不成怎么办？负责人耸耸肩说，放入下一个五年计划呗，习以为常了。而那家设计院就是吃了这个亏，

坐在海边的情侣

奇葩监理的审查制度既懒散又严格，设计的一条八十多公里长的铁路，五年过去，连一张图纸都没有完成审查，这要是放在国内，项目早通车了，估计都快大修了。设计院投入了不少人力物力，几年过去，却一张图纸出不去，一分钱收不到，领导气得直冒烟，撤回了大队人马，留下一个人在这边对付着。估计阿尔及利亚的铁道部部长觉得再混下去这个五年计划眼看就过去了，不搞点动作出来恐怕不好向总统交差，于是在前不久一口气发布了三条既有铁路扩能改造的招标启示。原先那家设计院的领导早已看穿了这一切，管你发几个标，就算真的中标了，这奇葩的监理制度不改，照样一分钱拿不到，于是面对招标邀请一概不予理睬。分公司急了，就找到了我们，我们的领导对阿尔及利亚市场这块大蛋糕垂涎已久，要不是碍于兄弟公司的情面，早就想介入了。于是双方一拍即合，当即派出了一个考察团队前往调研。

为什么说阿尔及利亚是这几个国家里面最好的呢？拿我最为熟悉的安哥拉作对比，对于去过这两个国家的人来说，这样的对比简直毫无意义，因为在任何一方面，阿尔及利亚都具有压倒性的优势，当然，除了跟安哥拉比中国人的数量。先说治安。我们的考察团住在首都阿尔及尔 Cheraga 区一家名为 Emir 的酒店，距离市中心的胡阿里布迈丁机场大约半个小时的车程。沿着主路往北开十分钟，就是欧洲文明的摇篮地中海，酒店环境优雅，椰树成荫，房间里的家具都是典型的欧洲风格。晚饭后，考察团里的几个老工程师喜欢沿着附近的街道散步，这本不是我们年轻人的习惯，但对于在罗安达基地院子里像犯人一样关着的人来说，晚饭后到街上散步闲逛，这是怎样一件充满诱惑的美事啊！关于罗安达的治安恶化到什么程度，我在《回到安哥拉》里有所描述，在罗安达出门要是没有防弹车或者军队持枪护送，那简直就是找死。而且，对比安哥拉黑人的挑衅和不友好，阿尔及利亚人民的热情与好客也让我们有种见到

主动来找我合影的当地青年

亲人的感觉，路上会有很多当地人纷纷来跟我们合影，跟国人一样，合完影就会迫不及待地发条脸书来显摆，然后问我要脸书的账号，要加我好友，这时我会尴尬地说没有，对方又追问我推特账号，我还是尴尬地摇摇头说没有。对方显然难以理解一个拿着苹果手机的年轻人既没有脸书也没有推特，这是怎样一种奇特的状态。作为机智的少年，当然不能输给对方。我立刻反问他有没有微信，对方一脸懵地摇摇头，我又追问他有没有微博，他还是说没有，我说你不会连 QQ 都没有吧？对方还是摇摇头，我只好摊摊手流露出非常遗憾的表情，互道晚安，留下他一脸茫然的在风中凌乱。

所以说能够在傍晚的非洲街头散步，光凭这一点，阿尔及利亚足够秒杀大多数非洲国家。

当然，并不是说阿尔及利亚就是个太平盛世。在遥远的东部山区里就有好几支恐怖组织在活动，在我们参与竞标的三条铁路里面，有两条就位于东部地区，原本计划要去现场踏勘，还是出于安全考虑而取消了行程。但这就跟我国新疆地区少数东突分子差不多，虽然会时不时闹些乱子出来，但对于生活在其他省份的人们来说，生活并没有任何的影响。

再来说说物价。关于安哥拉夸张的物价，我在其他文章中已经有所描述，如果拿来跟阿尔及利亚比，显然没有任何意义。阿尔及利亚的物价我用一句话概括就是，你光凭逛街捡到的钱就可以解决一家三口的温饱问题。温饱对于当地人来说就是面包、牛奶和咖啡，据说是由于阿尔及利亚政府有严格的扶持政策，才使得这几样食品的价格低到几乎不要钱的程度。你坐进任意一家餐厅，跟菜单一起端上来的绝对还有一大篮面包，你可以在啃完面包之后放下菜单就走，没有任何人

会拦你。我们曾在散步
的时候问过那种最常见
的长棍面包的价格，跟
狼牙棒一样又粗又长，
折合人民币只要四五毛
钱，而这么长一根面包，
足够一家子吃上一天
了，当然前提是你能吃
下去。

海边餐厅的老板

　　石油也是阿尔及利亚的支柱产业，汽油价格两块钱一升，跟几年前的安哥拉一样，汽油比水便宜，而比汽油还便宜的则是牛奶。中国人到了哪里都喜欢烧开水泡茶，我们几个在安哥拉混了多年的人提出，非洲当地的水是不能直接烧来吃的，一定要买纯净水烧，于是我们一群人涌到超市里去买纯净水，却意外地发现相同体积的牛奶比水还便宜，于是水也不烧了，茶叶也不泡了，一人背上几大盒子牛奶回去当水喝。如果以后碰到矫情的美女说泡牛奶浴洗澡多么多么的稀罕，我一定鄙夷地说，这在非洲那都不算个事。

　　除了吃的，这里的房租也非常便宜，具体的价格我没有调查过，但是对比安哥拉分公司的驻地，同是股份公司下面的子公司，明显一个亲生的一个捡来的：阿尔及利亚分公司光是一个食堂的面积就比安哥拉分公司所有办公、住宿、生活场所加起来还要大，除此之外，他们还有两层办公室，一个室内羽毛球场，两个室外篮球场，还有大量空置的员工宿舍。后来我们搬去他们宿舍住了几天，宿舍两人一间，面积大得极不自然，接待我们的后勤人员告诉我们这房间是由会议室

阿尔及尔的火车站月台

改的，员工们觉得住着不舒服，就自己到外面租房子住了。我默默擦掉额头的汗珠，作为一个在安哥拉打拼多年的老海外，别说自己租房子了，连自己掏钱去超市买点水果吃都舍不得，可见两国物价之悬殊。

　　说完物价和治安，再来说一说重点，也是很多朋友感兴趣的地方，就是阿尔及利亚的风景。有人会问，难道安哥拉的风景很烂吗？平心而论，安哥拉的风景真算一般，且未开发的居多，例如：马拉热大瀑布，蔚为壮观；罗安达到本格拉途中的一处大峡谷，我们每次开车路过，会停下来观光个五分钟。开发得还挺像样的，也就是前不久人家请我们去的罗安达木苏里岛，还有我们几年前就玩腻了的洛比托半岛海滩。总之，安哥拉的旅游业说来说去就只有沙滩和烤肉，最让人沮丧的是沙滩上清一色中国企业的大老爷们儿，什么比基尼美女那都是无知少年的想象。然而阿尔及利亚在这方面明显高端很多，人文、历史、

宗教、自然风光，基本可以满足一般旅客对于一个地中海国家的所有
憧憬。在阿尔及利亚考察期间，我们有时不经意路过一些景区，既然
来了，不顺路进去看看也说不过去，只要不影响工作都是符合政策的。

　　提起阿尔及尔，最具标志性的建筑一定是非洲圣母院。这座阿拉
伯风格的天主教堂坐落在这座穆斯林城市靠海的一座小山上，司机带
着我们穿越狭窄的小路盘山而上，两边是低矮破旧的民居，一路上小
孩赤着脚追逐玩耍，围着头巾的妇女在家门口提着水桶洗衣服。道路

宏伟壮丽的非洲圣母院

曲折蜿蜒，大约开了一刻钟的时间，我们来到山顶，视野立即开阔了起来，一座宏伟的大教堂伫立在眼前，从教堂的圆顶可以看得出浓郁的阿拉

圣母院内部精美的壁画

伯风格，天主教在伊斯兰世界也得入乡随俗，圆顶之上竖立着一副漆黑沉重的十字架，教堂周围有一些巨大的雕像，应该是著名的宗教人物，当然我一个都不认识。整座教堂由巨石铺砌而成，宏伟而又充满令人惊叹的细节，那些可能已经失传的古老石雕技艺，使这座教堂美轮美奂，同时又庄严肃穆，历经数百年的时光更显沉静，仿佛让人置身于十九世纪的非洲。来到正门，顶上立着一座女性形象的雕像，头顶冠冕，身披斗篷，由于太高，看不清太多细节，我猜测这应该就是守护这片土地的非洲圣母。下面两扇狭长而对称的大门，高耸庄严，一些少男少女坐在下面的石阶上聊天玩耍，还有一些游人在前面的广场上散步。从这个广场一侧看出去，如宝石般翠蓝的地中海一览无遗，那种蓝，无法用语言形容，蓝得让人大脑皮层一松，如临仙境，似乎有一只无形的手牢牢地把我的脸固定在那里，目光一刻都不愿离开，好像灵魂中对于自然之美的渴求一下子全都被激发了出来，要不是同事喊我进去教堂里面转转，恐怕我会一直待到日落。走进教堂，门房是一个纪念品商店，里面坐着一个法国老太太，笑眯眯地让我们参观她的商品。

蓝得不可思议的地中海

再往里走就是礼拜堂，空旷肃穆，几排长椅放置在大厅中央，干净整洁，四周的墙上刻满了文字和各种宗教画，大厅远端的中央高高竖立着一座雕像，衣着华丽，肤色漆黑，看着有点国王的派头。同事们一口咬定这就是非洲圣母，我说可这好像是个男的啊，同事指着雕像旁边十字架上的耶稣说，你看，耶稣都得靠边挂着，站中间的也就只能是耶稣他母后了。说的也有点道理，我说这圣母怎么是个黑人呢。大家都说不出个所以然，觉得应该还是入乡随俗了，要不然怎么叫非洲圣母呢。

　　阿尔及尔的三叶塔也比较著名，它其实是烈士纪念碑。三片叶子

造型又有点像阿
拉伯弯刀，整个
巨型建筑像一堆
柴火一样堆在一
起，高耸入云，
蔚为壮观。三叶
塔底下是一个历
史博物馆，介绍
阿尔及利亚的

三叶塔烈士纪念碑

一些历史名人。之后司机带着我们去海边闲逛，找了一家当地比较著
名的餐厅吃海鲜烧烤，海鲜烤得非常一般，据说这里的美食除了烧烤
就没什么可说的了。

　　最让我印象深刻的还是要数提帕萨的古罗马遗址。在我们刚刚抵
达阿尔及尔时，负责接待我们的小伙子就用导游的口吻跟我们说，来阿
尔及尔不去提帕萨那就算是白来了。所以我就整天心心念念，时不时
问他我们什么时候去一趟。小伙子说，等到宰牲节第二天去！说来也
巧，我们去考察的短短一周就碰到了两个节，一个是我们的中秋节，
公司搞了个晚会，胡吃海喝，唱歌跳舞，再加上抽奖，标准的中国式
晚会流程，在他们公司上班的老阿（老阿是我们中国人对当地人的称
呼）玩得不亦乐乎。还有一个是宰牲节，这在伊斯兰国家是相当于我
们春节的重大节日。为啥叫宰牲节？因为在这一天，每个成年男人都
必须亲手宰杀一只羊。这个国家别的东西都便宜，就是羊的价格贵，
多半就是因为这个宰牲节的缘故，这一天不知有多少只羊命丧黄泉，
整个国家都笼罩在一片血腥和羊骚味之中，很多人劳碌一年，就是为

宰牲节，牵着公羊的阿尔及利亚青年

了在这天能买一头带着长长羊角的公羊回家，跟我们过年回家开宝马奔驰一个道理，这是老阿们最体面的事情。宰牲节当天相当于大年初一，所有人都是休息的，但第二天就有些老阿司机陆陆续续来上班了，这也并不是老阿勤劳，而是被中国人教坏了，什么宰牲节，什么圣安息日，什么斋月，在三倍工资面前那都是渣渣。

提帕萨位于阿尔及尔往西大约五六十公里的海边，我们沿着滨海公路行驶，大约一个小时就到了小镇提帕萨，左拐右绕找到景区大门，这里绿荫环绕，两边是些纪念品摊位，跟国内的景区一个套路，但是景区门票非常便宜，每人 30 第纳尔，折合人民币也就两三块钱。景区里空旷无人，有一种包场的感觉。刚进大门会看到一些低矮的土墙和石柱，从这些残垣断壁几乎看不出原来的样子。慢慢往海边走，遗迹也渐渐丰富起来，民居、广场、斗兽场、陵墓、城垛，可以看出这在

当时是一个设施完备规模不小的港口城市。快到海边的时候，出现了
一条石阶路，两边是高低不一、残缺不全的石柱，像是两排手持长戟
等待检阅的古罗马军队。石阶路的尽头是一片临海的规模巨大的遗迹，
这片遗迹应该说保存最为完整，石柱和墙体如同诸葛亮的八卦石阵一
样悄然耸立，高低错落，暗藏玄机。已经来过好几次的小伙子告诉我
们，提帕萨在古时候是地中海最大的港口之一，早在公元前 700 年就
有人居住了，也就是我们国家春秋战国时期，到 2 世纪罗马人接手的

提帕萨遗址全貌

罗马人在两千多年前建造的古城

提帕萨在阿拉伯语中的意思是"荒芜之城"

时候最为繁荣,这些遗迹都是罗马人造的,但是因为战争和自然灾害,后来慢慢就荒废了。等到7世纪阿拉伯人发现这座城市的时候,已经是一片荒芜,提帕萨在阿拉伯语中的意思就是"荒芜之城"。长风烈烈,海浪拍击,站在这片废墟之上,你可以想象出那些身穿长袍的古人在这座石头城走动、交流，熙熙攘攘，车水马龙，大型的商船在港口靠岸，卸下一筐筐来自东方的食品香料，送往居住在城里的王公贵族们，随之而来的是战乱和灾难，异族的军队冲进城市，掠夺、杀戮、破坏，文明付之一炬，幸存的人们钻出废墟，心怀悲凉与希望，重建家园，开启一个新的轮回。

沿着古迹漫步海边，感受着文明与岁月的沧桑，繁荣与荒芜的更替，最有意义同时也是最沉重的洗礼莫过于此。

以往我告别非洲，用我自己的话说就是焦头烂额，像一支溃逃的残兵，灰溜溜、惨兮兮，恨不得甩掉手中的事情不顾一切地飞回祖国，而这次告别非洲竟然有了几分不舍。同事开玩笑说，万一项目中标了，还派你来非洲你干不干。我说到时候你们都别跟我抢，我还要把妻子孩子都带过来，不带开玩笑的。

津巴布韦

由于写这本散文集的时间拖得太久，导致一些前后矛盾甚至打架的现象发生，譬如我在时间较早的文章里面一次次地跟安哥拉说永别，结果后来又恬不知耻地去了好几次，当然这不能怪我，怪只怪造化弄人。这篇文章也是，大家一看标题就知道我要写写津巴布韦这个国家，但我之前在写阿尔及利亚的文章里说过，纵横非洲多年，也就去了安哥拉、莫桑比克和阿尔及利亚三个国家。所以说，你猜对了，上个月我刚去了趟津巴布韦，这个国家可以一说的东西还是很多的，不写上两句总觉得白瞎了这趟非洲之行。那有人说，把前面文章里的那句话改改不就完了。唉，命运难以预料，谁知道我下个月还会不会再去别的国家，就这样吧。

要是我说我对这个世界上最穷的国家倾慕已久，你肯定会觉得这人要么是傻要么就是在装，可这的确是事实。这事要从 2015 年莫桑比克之行说起，当时我们公司同时有两个考察团在外面，我陪同我们领导在莫桑比克考察一条新线铁路，另外有两位老总在津巴布韦考察别

津巴布韦的火车站

的项目，按照出国前的行程安排，两位老总中途需要从津巴布韦直接到莫桑比克加入我们的考察团。当与他们在莫桑比克北部重镇太特汇合之后，两位老总就摇身一变，成了津巴布韦的宣传大使，两个人一唱一和，将这个与莫桑比克接壤的内陆国家描绘成了一幅风景绝美、民风淳朴、鸡犬之声相闻的世外桃源：那里的道路巨树成荫，森林广袤无垠；车子开在路上，会碰见成群结队的大象、长颈鹿、狒狒，住在城堡式酒店里，打开房间的窗户，可以看到不远处湖泊旁有狮子、猎豹、羚羊在饮水；世界第三大瀑布维多利亚瀑布，就算在旱季也有千军万马、气吞山河之势，什么黄果树瀑布、壶口瀑布跟它比起来就是小不点；最重要的是这里的人民友好而理性，晚饭过后，你可以在城市里漫步，欣赏一个世纪前英国人在当地修建的古老的建筑。这样一个国家，怎不叫人心驰神往？

因此，当领导面带难色地通知我要去一趟津巴布韦时，我心里唯一的担忧竟然是我那个 35mm 的定焦镜头可怎么拍动物啊？但是这里首先需要说明的是，考察工作还是非常辛苦的，每天的行程都在四五百公里左右，有时沿着公路颠簸，有时乘坐破旧的轨道车，中饭在野外吃几片面包充饥。只不过是为了吸引读者，工作的内容在我这篇文章里就基本上略去不记了，如果有人就此断章取义，认为我是去国外公款旅游，不能不说这种思想十分危险。

以公顷为单位的别墅院子

这次非洲之行为期一周左右，同行的有我们公司的另外一个同事，还有其他单位的几个工程师，一同组团去考察津巴布韦的几条铁路。我们乘坐飞机从上海来到津巴布韦的首都哈拉雷，入住在城市北部的一个高档别墅区里。这里的别墅跟我们国内的可大不一样，国内的别墅花园面积都是以平方米计算，而这边的花园大概是要以公顷来算了。我们所住的别墅是个两层楼的现代风格建筑，院子里巨树参天，围墙还把后面的山也围了一部分进去，安排我们食宿的人说，这山的背后也是这个小区的别墅，穆加贝和一些政要都居住在这个小区，在中国这就相当于中南海。

在哈拉雷短暂停留之后，我们前往津巴布韦第二大城市布拉瓦约，也就是津巴布韦铁路局的所在地，这座小城市据说仅有三十六个中国人在这里营生。跟铁路局的领导开了几个会之后，我们乘坐铁路局的轨道车从布拉瓦约前往维多利亚瀑布镇，铁路穿越广袤的非洲大草原，沿途可以看见三五成群的羚羊在铁路轨道上乱窜，身材并不高大、身上脏兮兮的野生长颈鹿在轨道旁嚼食着树叶，还有远处成群的大象缓慢地穿越草原。到了维多利亚瀑布镇，我们借宿在一个中国老板的别墅里，这个老板是个安徽人，白手起家，为总理做过菜，教总统女儿打过高尔夫，现在是津巴布韦华人商会的高尔夫协会会长，颇有些传奇色彩。

在维多利亚瀑布镇，早上的项目会有两个推荐，一个是骑大象，一个是溜狮子。大家普遍认为骑大象的互动性比较强，而溜狮子可能就跟遛狗一样，应该没啥意思，其实大家心里多半是在担心会不会变

大象唐宝和他的训象员

成狮子的早餐，后来在一些旅游公司发的宣传页上看见了溜狮子的照片，就是一个人赶着一头狮子溜圈，大家看了一致表示：果然跟遛狗差不多。

也许很多人都有过骑大象的体验，好多年前我也曾在泰国骑过一次，但在这里我要郑重其事地说明，非洲骑大象跟泰国骑大象绝对是两种截然不同的体验。在泰国，大象背上装着一个椅子，人坐上去就跟坐轿子似的，沿着草地转上一圈，舒服惬意。但是在非洲，就没有什么椅子可坐了，大象背上装了个"象鞍"，训象员在前面像骑马一样骑着，我们就坐在训象员身后，一头大象驮着三个人，从大象庄园出发，进入苍茫无边的非洲丛林。非洲象体型巨大，我坐的这头又是这个庄园里最大的一头，听训象员介绍说这头象名字叫"唐宝"，已经36岁了，大象的年龄跟人差不多，可以活到七八十岁，唐宝目前正值壮年。坐在唐宝背上，就跟坐在两层楼的房顶上一样，缓慢而沉稳地移动，大象背部一耸一耸，如果不抓紧象鞍的绳子，一不小心摔下来那可不是闹着玩的。随之进入到丛林深处，树木的枝丫摇摇晃晃从我

骑着大象穿越非洲丛林

们眼前略过，离得太近，驯象员会用随身携带的木棍把树枝档开，免得我们被树枝从象背上扫落下来。有时候唐宝会顺路吃点东西，用它粗壮的鼻

子卷上一丛树枝往嘴里塞，树枝坚硬而不容易折断，唐宝就在那里跟树枝较劲。这时候驯象员就会生气地用木棍敲打唐宝粗厚的皮肤说："Go! 唐宝！Go!"有时候大象乖乖往前走，驯象员就会表扬它："Good boy!"如果它不听话，驯象员就用木棍用力打它。我问驯象员，唐宝大耳朵上的洞是不是被他打出来的，他说不是，是唐宝跟其他大象打架打的。

此时正值旱季的尾声，举目眺望，广阔的草原上一片灰黄的色调，树木狼藉不堪。驯象员说，这片林子就是被大象们吃成这样的，一只成年的大象每天要吃掉好几吨的树木，津巴布韦近几年来大象有泛滥成灾的趋势。我们骑着大象在非洲丛林里绕了整整一个大圈，花了将近一个小时，由于象背太宽，下来之后腿胯酸痛，大家只能扶着墙走路。接下来是给大象喂食的环节，每个人会得到一包大象专用的零食，大象伸着毛茸茸、湿漉漉的长鼻子到我们面前，任由我们把零食放到它的鼻子里，等集满一鼻子零食，大象就把鼻子收回去塞到嘴里嚼来吃，收了福利之后，驯象员会命令大象向我们致谢，每只大象将鼻子高举过头顶，抬起左脚向我们表示感谢。

回到休息点，我们还在意犹未尽地谈论大象，工作人员就已经把刚刚剪辑出炉的视频拿来播放给我们看，我们骑大象的视频加上早已制作好的片头片尾，配上非洲风情浓郁的音乐，手法之娴熟，速度之迅捷，让人隐约感觉这些工作人员应该得到过中国人的指点。当然，这个视频是要付钱的，经过讨价还价，我们最终以40美元的价格成交。

从大象庄园出来，顺路去参观了隔壁的鳄鱼庄园。鳄鱼庄园可以介绍的东西不多，跟在泰国参观过的鳄鱼农场大同小异，里面大大小小的各类鳄鱼，小的你可以捧在手上把玩，大的潜伏在水中纹丝不动，

大象跟我们讨要零食

或者趴在岸上晒太阳装死。这些鳄鱼除了少数稀有品种之外，多数会被制成皮具在各大商场出售，鳄鱼肉也会供应给餐馆酒店成为客人口中的美食。

在原来的行程中，参观完两个庄园我们会回到安徽老板的别墅吃饭休整，下午再去参观闻名遐迩的维多利亚大瀑布，但是这帮走南闯北也算是见过大世面的工程师们实在按捺不住心中的激动，大家一致决定饭可以晚点吃，去看瀑布是要紧事。事实证明这是一个正确的决定，维多利亚瀑布的壮美，足以让人忘记你有几天没吃饭了，也足以让任何文字黯然失色，用现在流行的话说就是：美出天际了。

维多利亚瀑布的票价是每人 30 美元，进去以后会有导游讲解。这里的导游绝对专业，会把前戏做得足足的，一开始并不带你直奔瀑布，先是把我们领到展览区，介绍瀑布各类知识。我们一帮子中饭都顾不上吃打算先看瀑布的粗汉，听着导游滔滔不绝的天书般的英文讲解和不远处瀑布发出的巨大轰鸣，感受着丝丝水气缠绕脸颊，忍着饥饿不停点头示意装出彬彬有礼的样子，此情此景，真叫人难忘。我英文水平极烂，但是结合图文并茂的图板，大概能听懂一二。导游介绍了世界三大瀑布，其他两个是美国加拿大交界的尼亚加拉大瀑布和南美的伊瓜苏瀑布，论宽度，1700 米宽的维多利亚瀑布能排到第二，要说高度，它在三个瀑布里面是最高的，可以达到一百多米。1855 年的时候，英国的探险家利文斯顿从赞比亚境内沿着赞比西河来到津巴布韦附近，远远听见如蚊子般的嗡嗡声，询问向导这是什么声音，向导也不知道，于是寻着声音找过去，发现宽阔的赞比西河一下子消失在世界尽头，雾气翻腾，其宏伟壮观的景象把利文斯顿吓呆了，他觉得任何名字都配不上这个瀑布，除了英国女王维多利亚，于是就把这个惊人的发现献给了英国女王维多利亚作为生日礼物。其实这个瀑布在当地被称作"莫西奥图尼亚"，意思是"霹雳之雾"，同时因其发出的巨大声响被评为"世界上声音最大的瀑布"。

　　听完冗长的介绍，导游总算领着我们前往第一个观景平台。在即将到达的时候，导游告诉大家，先背过身去不要看瀑布，侧身走过去，当走到合适的位置时，导游大喊一声"Turn around！"，大家转身一看，异口同声的"哇！"了出来，眼前整个峡谷一览无遗，奔腾的赞比西河倾泻而下，一眼望不到边，翻腾的雾气遮天蔽日，数条彩虹横亘其间，瞬间头发和衣服就湿透了。这是怎样一幅让人目瞪口呆的景象！我从小对瀑布这类自然景观充满着深深的迷恋，曾经在安哥拉的

相机没有办法展现维多利亚大瀑布的全貌，这仅仅是其中一角

库恩巴瀑布旁边住了一个月，围绕这个瀑布我写下了《雨水中的库恩巴》，书中有一句很不起眼的话：

有次我走到宽扎河的中央，看着河水消失的尽头，雾气翻腾，远处的山峦愈发苍翠，我觉得这一切都是造物主的恩赐。

没人知道这句话是这本书里面我最喜欢的一句，因为这句话发自内心，是我心灵深处的真实写照。有时候我会想，到底是什么让我对非洲这块土地如此的眷恋，是人？是事？还是景？又或是物？感情这种事，实在是很难言说，硬要我分析缘由，我只能说是到非洲出差工资比较高吧。提到我的这本小说，里面有一个段落，说一个领导看了库恩巴瀑布说，这算什么，他曾经到赞比亚看过一个更大的瀑布，还赋打油诗一首：飞流直下八千尺！当时我还不知道维多利亚瀑布的大名，只因为确有其事我才写了这个桥段，这段的最后我还补了一句：日后有空上网查查看是否真的有这个瀑布。这么多年也没时间在网上搜索，谁承想如今真的就站到了它眼前，看这千军万马之势，感叹那位领导所言非虚，别说库恩巴瀑布了，我们国内的黄果树瀑布、壶口瀑布跟它比起来，真的是个小小巫，飞流直下八千尺，好诗好诗！面对如此情景，纵然诗仙再世恐怕也要词穷。

　　维多利亚瀑布其实是一个大峡谷，同时也是两个国家的分界线。赞比西河从赞比亚流入峡谷，倾泻而下，而真正理想的观景地点就是峡谷对岸的津巴布韦。由于瀑布太长，津巴布韦的这一侧沿着峡谷每

维多利亚瀑布大桥，蹦极的理想去处

隔一段距离就设置一个观景平台，前前后后共有三四十个，游客可以从瀑布的一头开始，一个一个观景平台走过去拍照留念，不会漏掉瀑布的每一个角度。我们去的时间是9月初，接近旱季的尾声，水量中等，是观景的最好季节，若是在雨季时候来，据说不穿雨衣就跟掉水里一样，相机或者手机，如果没有防水功能就不要随便拿出来拍照了，就算拍出来也是雾蒙蒙一片，根本看不清瀑布的样子。尽管如此，今天的水雾就跟下雨一样，一阵一阵的，轻而易举的就把人浇透，幸好艳阳高照，太阳一晒也就干了。导游说瀑布被赞比西河道中央的岩石切割，被分为五个大小不同的段落，有的水量大，有的落差高，各有各的味道。我们自西向东沿着小路在峡谷对岸边走边看，穿梭在热带雨林当中，巨树参天，偶有小鹿在林间吃草，看见行人，后腿一蹬就灵巧地跳开了。瀑布的东边水量较大，流速也较湍急，走到中间，瀑布连成一片，最为壮观，越往西走，水量越少，但落差突然增大，峡谷边上也没有保护措施，我们矮着身子，蹲在岩石上，慢慢挪到悬崖边往下俯瞰，峡谷深处水流湍急，在下游的地方，看见有一些漂流艇爱好者划着艇在激流里冒险。再往前走，是著名的维多利亚瀑布大桥，横跨整个峡谷，据说修建于1905年，就算以现在的标准来看这也是个难于登天的伟大工程，真正的"一桥飞架南北，天堑变通途"。桥上还有蹦极项目可以体验，想练练胆子的朋友千万不能错过。

从瀑布出来，感觉经历了身体和心灵的双重"洗礼"，大家回到住处，简单吃了碗面条，休整片刻又出发去另一个景点：赞比西河。赞比西河与尼罗河、刚果河合称非洲的三大河流，这已经不是我第一次见到赞比西河了，以前在安哥拉考察安赞铁路线位的时候就和赞比西河打过一个照面，2015年到莫桑比克考察，在北部重镇太特，赞比

坐着游艇游览赞比西河

西河就流经那里，如今应该算是第三次了吧。我们坐上一条游艇，上面其实是个酒吧，陆陆续续又上来一些客人之后，游艇就驶向了赞比西河中央。船沿着宽阔的赞比西河缓缓行进，两岸的风光尽收眼底，可以看到成群结队的河马在河边洗澡、潜水，露出两只眼睛和耳朵观察着我们这些游客，各种各样的水鸟飞翔于岸边的滩涂，还有死了一般的鳄鱼一动不动地趴在水边，像一截灰色的烂木头。我们在船上喝酒谈笑，船上第一次见到中国人的黑人女孩纷纷过来跟我们拍照留念。转眼太阳落了下去，经验丰富的船长按照早已计划好的路线把船驶到了一处视野开阔、最

成群的河马在赞比西河里玩耍

适合观看日落的地方，太阳发出橘红色的光芒缓缓沉入河面，景色绝美，引人不住赞叹。

这一天玩下来，人已精疲力尽，我这一篇流水账记下来，也是累得不行，但总觉得少了点什么，没错，就是吃。

要说维多利亚瀑布镇的美食，波玛餐厅绝对首屈一指，任何旅游团队、国家政要到这里游赏，波玛餐厅是不能不去的地方。晚上我们下了游艇，就来到位于我们住处不远的波玛餐厅，餐厅的建筑风格极具当地特色，由数个大小不一的草棚组成，草棚呈三角形，像一个金字塔，每一个草棚都盖着厚厚的茅草，茅草用料扎实、讲究。主餐厅是一个巨大的草棚，足以容纳数百人用餐。我们走进餐厅，服务人员就给我们每人送上一件衣服，其实就是一块布料，往身上一围，跟件袈裟似的，穿着这个就可以去用餐了。

人流如织的波玛餐厅

牛肉汤，类似国内的瓦罐汤

一种叫作 Mopani 的虫子，尝试过的人可以获得一张吃货证书

　　这是一个自助餐厅，里面各种珍奇野味应有尽有，牛羊鱼肉自不用说，还有鳄鱼、水牛、长颈鹿这些国内不太常见的野味可以尝试，另外还有很多奇形怪状的食物，虽然写了英文介绍，但还是看不懂，也不敢轻易尝试。倒是有一种叫作 Mopani 的虫子看起来十分特别，还专门弄了个专柜展示，一个年轻的当地女孩负责介绍，说你只要当着她的面吃下一条虫子，就可以获得波玛餐厅颁发的证书。我看了一眼

她面前罐子里黑乎乎的虫子，大小类似一截手指，视觉上稍微有那么点恶心，但这对于什么都吃的中国人来说实在太没挑战性了。我向女孩表示愿意尝试，她从罐子里给我捞了一条出来，我问她能不能多给点，她瞪大了眼睛说不行，我把虫子放进嘴里，有点硬，不是很容易嚼碎，稍微有点蛋白质烤焦的香味，其他也就没什么特别了。当着她的面吃完后，女孩热情地向我询问姓名，写到吃货证书上，然后郑重其事地把证书授予我。

其实要说吃，波玛餐厅的食物可能也就是国内四星级酒店的水平，那些各种各样的动物，烤出来味道其实差不多，吃上几样就腻了。这边最具特色的应该是充满非洲风情的晚会。刚一开始小小热身一下，一个小的舞蹈团体在餐厅的一旁跳舞，他们会热情地拉你进去跟他们一起跳，动感的节奏，野性的音乐，极具特色的非洲鼓，许多来这边旅游的欧洲人一见到这个简直跟疯了一样，尖叫着加入进去跟他们一起跳。之后大家吃的差不多的时候，服务员会给每人发一个非洲鼓，这非洲鼓虽说电视图片里面见多了，但实际摸在手上还是第一次，轻轻敲打，会发出通透低沉的砰砰声，打在边上和侧面，又会有不同的声响，有的人使劲敲，有的人轻轻拍，霎时间，偌大一个餐厅所有人都在座位上敲敲打打，立时鼓声震天，好不热闹。坐在我们长桌旁边的是一个日本的旅游团，一开始吃东西的时候安安静静、彬彬有礼，拿来非洲鼓之后也开始聒噪起来，不过没多久，他们的领队就转型成了乐队指挥，带着大家敲敲打打，竟也有点意思，让我想起小林正树《怪谈》里面印象深刻的日本鼓，可能多少有些基础的认知吧。在让我们自由发挥了一段时间之后，餐厅里会有个主持人来带着大家一起敲鼓，之后又有各种跳舞的节目，这才进入了晚会的高潮，有点类似

加入疯狂的晚会

我们去云南旅游时到农家乐里吃牦牛肉、喝青稞酒，然后围着火堆跳舞的感觉。但是我们一帮人白天玩了一天筋疲力尽，根本跳不动舞，而且第二天大早又得坐车返回哈拉雷，于是还没等节目进入高潮，仅仅填饱了肚子就早早离开了。

津巴布韦可以玩的地方不少，据说往南边走还有古代的城堡，住在城堡里打开窗户，会有一种被动物们参观的感觉。布拉瓦约的铁路博物馆，可以缅怀一下 100 年前英国人殖民时期领先世界的铁路技术。不过最具特色、最值得一玩的地方必须是维多利亚瀑布镇，这里几乎有你想要的关于非洲的一切，壮丽的自然风光，成群结队的野生动物，浓郁的非洲风情的音乐、食物、手工艺品，不怕死的还可以在著名的维多利亚瀑布大桥上蹦极，在瀑布下面漂流。

这一趟非洲之行，我总算是明白我们公司两个见多识广的老总为什么会变成津巴布韦的宣传大使了，在上一篇写阿尔及利亚的文章里我宣称阿尔及利亚是我在非洲去过的最好的国家没有之一，但是就算以后可能还会有打脸的事情发生，我也还是要在这里纠正一下这个显而易见的错误：津巴布韦才是我去过的非洲最好的国家，没有之一。